KB275774

짧은 여행, 긴 여운

사랑의 눈으로 엮어낸 보석 같은 스토리

짧은 여행, 긴 여운

1판 1쇄 발행 2025년 9월 20일

지은이   김자인
사 진   김자인 외
발행인   이선우
펴낸곳   도서출판 선우미디어
등록 | 1997. 8. 7 제305–2014–000020
02643 서울시 동대문구 장한로 12길 40, 101동 203호
☎ 2272–3351, 3352 팩스: 2272–5540
sunwoome@hanmail.net
Printed in Korea ⓒ 2025. 김자인

18,000원

ISBN 978–89–5658–803–2 03810

김자인 여행에세이

짧은 여행, 긴 여운

선우미디어 sunwoomedia

두 번째 책을 출간한 지 8년 만에 다시 삶의 무늬를 엮는다. 여행 글이다 보니 사유도 부족하고, 감정에 치우친 것 같아 망설임이 컸다. 성에 차지 않는다고 써 놓은 글을 그냥 두자니 버리게 될 것 같아 용기를 낸다.

여행은 새로운 세계와의 만남이다. 낯선 곳 새로운 풍경에 호기심이 발동하고 다양한 경험과 문화를 통해 넓은 세상을 알아간다. 아는 만큼 보인다는 말이 있듯, 보는 만큼 알게 되면 삶의 활력도 생기고, 마음의 풍요도 얻는다. 외국에 나가 보면 나라 사랑하는 마음도 저절로 생긴다.

이 책에서는 다른 나라 여행과 국내 숲을 찾아다닌 이야기로 꾸몄다. 순간의 기억을 기록하면 생생한 현장감이 있어 때로는 발화된 씨앗을 얻는 기분이었다. 나중에 다시 정리하면 새로운 글이 탄생할 확률이 높기 때문이다. 가는 곳마다 사진을 열심히 찍었으나 쓸만한 사진을 고르려니 잘 된 사진이 별로 없어 아차, 싶었다. 여행에세이를 쓰려면 사진부터 잘 찍어야 한다는 교훈을 새로 얻었다.

여행은 또 다른 나를 만나서 자신을 돌아보는 시간이다. 장엄한 자연과 마주하고 나면, 살아온 시간을 반성하고 뉘우치게 된다. 곁에 있는 지인들의 소중함과 고마움도 새삼 느낀다.

평설을 써주신 김우종 교수님께 감사드립니다. 30여 년을 함께해 온 문우들과 깊은 애정과 사랑으로 지켜봐 준 가족에게도 고마운 마음 전합니다. 이 책을 만들어 준 선우미디어 이선우 사장님께도 감사드립니다.

2025년 여름

김자인

차례

3. 대자연의 예술품, 북유럽

1.

숲이 건네는 말

텅 빈 숲길을 호젓하게 걷는 두 사람

오월 숲

창밖으로 싱그러운 봄날이 스쳐 지나간다. 새움이 돋은 연두색 이파리들이 여린 듯 부드럽고 상큼하다. 담장 너머에 핀 목련으로 봄 향기를 느끼다가 라일락 꽃잎 지고 것에 이제 봄날도 서서히 떠날 채비하는구나 싶다. 강원도 영월, 평창을 지나다 보니 산과 들은 이제야 봄이 찾아온 듯 개나리, 진달래, 산벚꽃이 한창이다. 울긋불긋 산의 어울림이 봄을 펼치고 있어 화려하다. 풍경화 같은 장면들이 휙휙 지나간다. 이제야 마음이 기지개를 켠다.

오월 황금연휴에 2박 3일 일정으로 강원도의 영동, 영서 지방에 다녀왔다. 월정사는 전나무 숲길이 눈에 선해 가끔 생각나는 곳이다. 바쁜 일상에서 작은 쉼표 하나 찍고 싶거나 마음이 울적하여 정갈한 마음을 지니고 싶을 때 불현듯 떠오르는 숲길이다. 그 길은 눈 감아도 훤히 보인다. 쉽게 떠나지 못해 벼르기만 했었는데 큰아들네 주선으로 함께 찾아가게 될 줄이야.

울창한 수림 속에 자리 잡은 월정사 입구에 다다르자, 평소 마음에 두고 있던 이를 만난 그것처럼 반갑다. 들머리에서 숲이 주

월정사 경내

월정사 숲

는 에너지에 마음이 먼저 요동친다. 주차장에 차를 세우고 걸어가는데 금강교 위에서 내려다본 오월이 상큼하다. 흰 물살이 기분 좋게 콸콸 리듬을 타고 흐른다. 꽃 피우고 낙화하여 다음 계절 준비로 분주한 오월답다. 산사의 절경에 여섯 살의 손녀도 깡충깡충 뛰어다니며 감탄사를 연발한다. 절 안으로 들어서니 물고기 모양을 한 연등이 여러 갈래의 빨랫줄처럼 늘어서 있다. 그 아침, 법당에 모여든 수행자들은 스님 법문에 귀 기울이며 묵언 중이다.

산사의 고요함을 느끼며 일주문을 나오니 길게 뻗은 전나무 풍광이 시원하다. 텅 빈 숲길을 호젓하게 걷는 두 사람은 부부인 듯 사색에 잠긴 듯하다. 쭉쭉 뻗은 나무들이 늘어서 있는 길의 한적함이 평화롭다. 멀리서 보니 한 장의 그림으로 머무는 듯 스쳐 지나가는 오월 속 풍경화다. 푸른 윤기로 계절의 생기를 만끽한 조화로움에 저절로 동화된다. 차분해지는 시간, 자연 앞에 여유를 배운다. 일상에 지친 마음을 살포시 내려놓고, 늘 종종거리며 사는 내 모습을 돌아보니 출구가 보이지 않는 터널 속에서 빠져나온 느낌이랄까, 힐링이 된다.

다리를 건너와 숲속 길을 걸어보았다. 그 길에는 돌멩이를 얹어 작은 탑을 쌓아놓은 돌무덤이 자주 눈에 띈다. 그걸 본 손녀도 해보고 싶다고 하여 기다려주었다. 고사리 같은 열 손가락이 작은 돌멩이를 얼기설기 쌓아놓고 두 손 모아 기도한다. 손녀가 올려놓은 돌무더기를 물끄러미 바라보다가 자연 그대로의 모습에

빠져든다.

다시 자동차를 타고 상원사로 향한다. 비포장도로라 천천히 가다 보니 숲의 질서를 감상할 수 있어 좋았다. 창문을 여니 청정한 산들바람이 내 가슴에 와락 안겨 온다. 얼굴을 내밀어 키다리 나무들을 올려다보았다. 수백 년 묵은 고목들이 언제나 그 자리에 우람하게 서 있어 감개무량하다. 눈이 호강하는 그 시간, 바람이 춤을 추듯 연록의 새잎들이 일제히 기쁨의 함성을 지르는 것 같다. 하늘 높이서 살랑거린다. 풍향에 따라 반짝이는 이파리가 깃발이 되어 반갑게 환영해 주는 것 같다. 다들 이런 느낌에 자연을 만나러 길 떠나는 것일까.

어느새 상원사에 도착해 차를 세우고 절을 향해 걸어간다. 이곳도 키 큰 나무들이 나를 호위하듯 죽 늘어서 있다. 생명의 힘이 가득해 신령한 기운이 감돈다. 몇 번 가보았지만, 갈 때마다 호젓하고 신선한 에너지를 느낀다. 숲이 아낌없는 보물을 꺼내 놓은 듯 길섶의 야생화에 눈길이 머문다. 손녀가 탄성을 지르며 꽃에 반갑게 인사하며 어루만진다.

상원사를 돌아 다시 월정사로 나오는 길 올라갈 때 보지 못했던 나무들이 나를 불러 세운다. 고개 들어 위를 쳐다보니 나뭇잎 틈새로 볕뉘가 쏟아져 내린다. 그 빛기둥 줄기의 찬란함에 압도되어 눈이 부시다. 피톤치드와 음이온 성분 때문일까. 그냥 편안하다. 마음이 스펀지를 빨아들인 듯 촉촉하다. 그동안 내가 걸어온 길에도 이런 숲이 있었을까. 그나마 문학을 만나 수필과 조우하

상원사 가는 길

며 사는 오솔길에서 숲속 같은 아늑함도 느껴보고, 상처받은 마음을 치유하지 않았던가. 마음이 너그러워지고 순해지는 것도 경험하지 않았는가. 무릎을 탁, 칠 정도로 감탄의 글을 만나 카타르시스를 느끼기도 했으니 아직도 그 숲에 머물러 촉수 하나 담그고 있는 게 아닐까.

지금까지 알토란같은 글은 쓰지 못하고 졸작만 날렸으니 남은 생은 좋은 글 한 편 남기고 싶다. 누군가의 가슴 속을 파고들어 감동을 주는 글로 독자들의 가슴을 적셔주고 싶다. 푸르고 청정한 오월 숲 같은 글이라면 어떨까. 꿈과 희망의 메시지가 담겨있어 결 고운 누군가 그 숲에 머물고 싶다면 금상첨화이겠다. 나의 세계가 있어 고마웠던 그 길에 산새도 찾아와 지저귀고 나무들이 그늘 카펫을 펼치면 그 숲에 놀다 가고 싶은 이 분명히 있지 않을까.

가족이 함께 월정사 상원사를 다녀가는 길 좋은 기운을 받아서일까. 마음이 차분하고 넉넉하다. 자연 속에서는 사람이 풍경이 된다는 걸 알게 된 그 숲에 들어 수필의 숲을 거닐고 그려볼 수 있어 작은 위로가 되었다. 새로움이 꽃피는 계절, 천천히 걸을수록 보이지 않던 나를 만나는 오월 숲은 나에게 있어 수필의 정원이다.

어머니 왕주목

– 가족 여행

여행은 삶의 활력이다. 일상에서 벗어나 색다른 경험을 통해 재충전되기도 하고 휴식이 되기도 한다. 보지 못했던 자연을 만나 새로움을 얻기도 하고, 닫혀있는 문이 열리듯 마음의 문도 열린다.

몇 해 전 여름 가족 여행을 떠났다. 큰아들네 주선으로 작은아들네도 합세하여 여덟 명이 강원도 일대를 관광했다. 큰며느리가 예약해 둔 콘도에 여장을 풀어 편안했다. 이튿날은 케이블카를 타고 발왕산 정상에 오른다. 지금은 발아래 초록 물결이 가득한데, 겨울이면 이곳에서 스키를 탔을 큰아들 모습이 선하다. 높은 곳에 오르니 갑자기 멀쩡하던 날씨가 안개로 뒤덮여 있다. 스카이 워크 전망대에 오르니 안개비가 돌풍으로 변해 무섭게 소용돌이 친다.

잘못하다가는 비바람에 휩쓸릴 것 같다. 큰아들이 이곳 날씨는 예측할 수 없다고 알려준다. 우산을 쓰고 스카이 워크 난간 유리 바닥을 밟으니, 오금이 저리다. 저 아래는 낭떠러지, 엉금엉

엄홍길

생명의 물
발왕수
발왕수는
해발 1,458M
대한민국 최고 높은 곳에서
솟아나는 천연 암반수로
바나듐, 규소 성분이 들어있고,
나트륨 성분이 거의 없는
생명을 잉태하는 어머니의 물로
순백의 맑고 깨끗한 청정수입니다.
mother's water 1458
Mother's Water Garden

'발왕산은 靈山(영산)이다'

금 걸음을 옮겨 그 끝에 서니 아찔하다. 며느리들과 손녀 둘은 무섭다고 되돌아 나가고, 우리도 두 아들과 함께 서둘러 나왔다. 비를 피해 온 가족이 편의시설 안에 있는 카페에 앉아 차를 마신다. 다들 바삐 사느라 차 한잔 나눌 시간을 마련하지 못했으니, 내 책임 같아서 미안했다. 옆에서 지켜보니 동서지간이 다정해서 내심 흐뭇했다.

숲길로 들어섰다. 만나는 야생화마다 생기를 머금어 파장을 일으킨다. 맑은 숲의 기운을 받아서인가. 안개에 휩싸인 자연 속을 걸어서인가, 공중 부양하듯 천상에 오른 기분이다. '발왕수 가든'이라는 팻말이 편안하고, '고마워'라는 글자가 마음에 와닿는다. 가족 모두 건강해서 여행하니 감사하다. 초록 이끼와 작은 풀, 나무와 돌로 꾸며놓은 조그마한 정원에 이르자 '장수, 지혜, 재물, 사랑의 발왕수가 졸졸 소리를 내며 흐른다. 높은 산중에 천연 암반수라니, 이 물이 약수가 되어 아픈 사람도 치유될 것만 같다.

일곱 살 손녀에게 어떤 물 떠줄까? 물었더니 "여기 있는 물 다 담아서 엄마한테 갖다줄 거야"라고 해서 깜짝 놀랐다. 코로나 백신 부작용으로 힘든 시간을 보낸 엄마에게 좋은 약수를 주고 싶은 손녀의 생각이 기특해서 등을 여러 번 두들겨 주었다. 나이가 들어 보니 뒤늦게 깨닫는 것이 많은데, 휴게실에 있는 엄마에게 보약 같은 물을 주고 싶은 어린 마음을 따라가지 못했다. 나도 장수, 지혜, 재물, 사랑을 자식들에게 골고루 나눠주고 싶어 물을 병에 담고 흡족하게 마셨다. 왕의 기운을 마신다는 전설이 있어서

나뭇가지
발견!

인가. 물맛도 좋고, 무더위를 식혀줄 만큼 시원했다.

숲길에는 살아 천년 죽어 천년이라는 주목들이 우람하게 서 있다. 속은 비었어도 꿋꿋하고, 울퉁불퉁한 나무도 있어 박명의 적막 속에서도 아픔을 견뎌냈구나 싶었다. 우리는 백 년도 살지 못하면서도 아등바등하는데, 주목은 천년 이천 년의 시간을 어떻게 버티고 살아냈을까. 겸손의 나무, 왕발 주목, 서울대 나무(합격의 나무)도 있어 나무 생김새대로 의미를 부여한 것 같았다. 어머니 왕주목에 시선이 멈췄다. 어머니 왕주목은 자신 안에 다른 나무를 품어 안고 살아간다. 사랑으로 남의 자식을 키우는 어머니 모습이다.

가을이면 품고 있는 마가목에서 붉은 열매가 달린다, 그 열매가 마치 어머니에게 꽃을 달아준 것 같아 어머니 왕주목이라는 이름을 붙여주었다고 한다. 내 자식 키우기도 힘든데, 다른 씨앗까지 품고 사는 왕주목에서 상생의 정신을 배운다. 사람보다 낫구나 싶어 신령스러운 아우라가 느껴진다. 친정어머니 품도 왕주목 못지않았다. 시도 때도 없이 친척들이 찾아들어 집안이 시끌벅적하였다. 사촌 오라버니는 어머니가 돌아가신 후 작은어머니가 나의 멘토였다고 할 정도로 조카들과 우애가 깊었다.

비경을 담느라 느리게 걸으니, 손녀가 "할아버지 할머니 빨리 오세요." 소리치며 깡충거린다. 이내 종종걸음으로 다가와 웃음을 선사한다. 저녁에는 온 가족이 모여 앉아 담소를 나눴다. 남편이 먼저 운을 뗐다. "이런 자리를 마련해준 어멈에게 고맙고, 함께 여행할 수 있어 다들 고맙다"라고 했다. 아들 며느리들까지 돌아가며 한마디씩 하고 나니 밤이 깊어지고 있었다. 앞으로 이런 시간이 얼마나 주어질까 생각하니 건강해야겠구나 싶었다.

올여름 휴가는 작은아들네와 3박 4일 일정으로 강원도 강릉에 다녀왔다. 저희끼리 가면 편하련만, 함께 가자고 제안해서 일정을 조율했다. 강릉에 숙소를 마련하고 낮에는 주문진, 경포대 속초를 돌며 주변 해수욕장에 머물기도 하고, 설악산 둘레길을 걷기도 하였다. 저녁에는 남편과 아들이 술잔을 기울이며 다정한 대화가 오갔다. 단란한 가족드라마의 세트장을 옮겨온 듯, 밤늦도록 부자지간의 정이 새록새록 피어나서 보기 좋았다.

우리는 어느새 결혼 50년이다. 남편과 티격태격하며 여기까지 걸어 왔다. 그동안 장손의 맏며느리로서 책임과 의무가 많아 어려운 시간도 있었지만, 잘 참고 견뎌냈다. 남편 또한 가정을 이끌어오느라 힘든 가운데에서도 묵묵했다. 여행은 서로의 창을 여는 문이다. 가족들과 소중한 시간 함께하여 각자의 창을 연 소중한 시간이었다. 내 삶이 왕주목에 비할 수는 없겠지만, 어머니 왕주목처럼 나도 자식을 지키고 보듬는 버팀목이 되고 싶다.

[2025. 8.]

통영 봄 바다

여행은 떠나기 전 배낭을 꾸릴 때부터 설렘을 동반한다. 누구와 떠나느냐에 따라 마음이 달라지고, 밤잠을 설치기도 한다. 요즘은 여행 문화가 발달하여 시간이 되면 어디든 떠나려는 사람이 늘고 있다. 전문가가 아니라도 곳곳을 찾아다니며 즐기려는 문화가 확산하고 있다.

올 2월 갑자기 통영에 가게 되었다. 정년 퇴임 후 노익장을 과시하며 테니스 치는 분들과의 만남이 등산으로 이어지고, 이제는

함께 여행도 하며 좋은 시간을 만들고 있다. 허물없는 사람들과 도란도란 마음 나누는 일은 편안하고 미덥다. 나이가 있어 운전은 포기하고 통영 가는 고속버스에 오른다. 통영에서 장사도와 연화도에 가볼 계획이다. 오랜만에 타보는 고속버스가 이렇게 쾌적할 줄 미처 몰랐다. 비행기 비지니스석보다 넓은 것 같아 깜짝 놀랐다. 가이드나 다름없는 분이 기왕이면 편하게 다녀오자고 프리미엄으로 예약했다고 한다. 어느 모임이나 앞에서 애쓰는 분의 노고를 잊어서는 안 되겠다 싶다.

남해가 내려다보이는 전망 좋은 리조트에 여장을 풀고 다음 날 아침, 장사도행 유람선에 오른다. 멀리 장엄한 일출을 머금은 바다가 반짝이더니 이내 붓방아를 찧어댄다. 나는 급히 선상으로 나가 바다를 관찰했다. 햇살은 바다라는 도화지 위에 분홍색 물감을 풀어 둥둥 떠다니는 꽃잎을 만들어내고 있다. 자신의 작품에 몰두한 모습이 얼마나 환상적인지, 그 한가운데에 서 있는 사실이 믿기지 않는다. 사람도 누구를 만나느냐에 따라 인생이 달라지듯, 바다도 햇살을 만나 윤슬로 반짝거린다.

아침 시간이 아니면 볼 수 없는 광경이 바다 한가운데서 펼쳐진다. 벅찬 감정이 일렁인다. 연분홍 무대 위에서 칼춤 추듯 빛나는 잔물결은 바삐 움직일 뿐 멈출 생각이 없다. 출렁이는 파동이 장관이다. "와, 이런 바다는 처음이야" 흥분한 목소리가 바다 위를 뛰어다닌다. 통영의 아침 바다는 경탄의 연속이었다. 드디어 천혜의 동백섬이라 불리는 장사도에 도착한다. 섬은 자연경관이 빼어

장사도

나 한려수도의 정취를 한눈에 볼 수 있는 해상공원이다. 언덕을 오르는데, 풀기 없는 동백꽃이 듬성듬성 매달렸다. 아픈 사람처럼 힘이 없어 보인다.

많은 꽃이 섬을 뒤덮었을 것으로 알았는데, 2월에는 어림없는 일이었다. 조금 늦게 왔으면 좋았을 것을 하는 아쉬움이 일지만, 그 나름의 자연미가 흐른다. 이미 일어난 일에 대해서는 그대로 받아들이면 될 일을 꼬투리 잡는 건 아니지 싶다. 자연도 휴식 기간이 있어야 다음을 준비하는 것이리라. 장사도는 뱀처럼 길게 생겨서 길 장(長)에 뱀 사(蛇)를 써서 장사도가 되었다. 〈별에서 온 그대〉라는 드라마 촬영지로도 알려져 있다. 인위적인 조형물도 많아 손녀랑 함께 왔으면 좋았겠다.

예전에 학교 운동장이었을 법한 넓은 공간에 수백 년 된 분재들이 울퉁불퉁한 자태를 뽐내며 나열되어 있다. 학교 수업이 끝나면 쳤을 법한 작은 종은 지나는 사람 손에 이끌려 소리를 낸다. 작지만 울림은 크다. 이 종소리에 학교로 모여들었을 아이들은 어른이 된 지금 어디서 무얼 하고 있을까. 안을 들여다보니 협소해서 몇 명이 배웠을까 궁금해진다. 주민이 살던 집을 현대식으로 재현한 작은 집에는 예전 시골 부엌에서 보았던 무쇠솥과 항아리, 장작, 지게 등이 놓였다. 툇마루에는 사기요강, 다듬잇돌, 방망이 등도 주인을 잃었다.

창호지를 바른 창살문을 보니 시골 생각이 절로 난다. 마루에 잠깐 앉았는데, 〈섬집 아기〉 노래가 흘러나온다. 손녀에게 자장

가로 불러주었던 노래다. "엄마가 섬 그늘에 굴 따러 가면 아기가 혼자 남아 집을 보다가" 듣기만 해도 울컥한 가사이다. 저 멀리 다도해의 작은 섬들도 노랫소리 듣고, 생각에 잠긴 듯 고요하다. 손에 잡힐 듯한 작은 섬들이 가까이 혹은 멀리서 장사도를 지키는 파수꾼 같다. 두 시간 걸린 여정, 어느새 선착장이다. 맛있는 음식을 먹으면 포만감이 일듯, 충만함이 스며든다.

일행 얼굴에도 흐뭇한 미소가 번진다. 우리의 삶도 통영의 아침 봄 바다처럼 분홍의 윤슬로 반짝이기를 소망해 본다.

숲에서 힐링

카톡에 정기 산행 안내가 떴다. 행선지는 경기도 성남시 분당구 '불곡산'이다. 한 달에 한 번 가는 등산 모임에서 띄운 소식이다. 3년 전에는 500~600고지도 잘 다녔으나 이제는 얕은 산이나 둘레길을 걷는다.

불곡산은 345미터밖에 되지 않는다. 분당 쪽의 산 입구에 다다르자, 초입부터 알 듯 모를 듯한 냄새가 진동한다. 전날 비 온 뒤라 날씨가 쾌청해서 나는 흙의 기운일까. 나무들이 공기 중의 이산화탄소를 마시고 산소를 내뿜는 광합성작용을 해서인가, 다들 "이게 무슨 냄새지?" 하며 코를 벌름거린다. 은은한 향기라고 해야 할까 한약을 진하게 달이는 냄새라고 해야 할까, 회원들은 좋은 동네에 오니 산에서 향기가 난다고 입을 모은다. 사실 향기는 아닌데 빗대서 하는 말이다. 이름을 알 수 없는 산새들도 우리를 환영하는지 기분 좋은 소프라노로 나무 사이를 날아다닌다.

발걸음을 옮기는 대로 쫓아오며 반갑다고 지저귀고 있다. "요놈 봐라." 하며 올려다봐도 금방 어디 숨었는지 소리만 들릴 뿐 모습

은 보이지 않는다. 쭉쭉 뻗은 나무들이 하늘을 뒤덮어 그늘을 만들어 주고 있으니 힘든 줄 모르고 걸었다. 공기 좋고 숲이 좋아 다들 연실 웃음을 흘리고 다닌다. 가는 길 곳곳에 편리한 의자를 만들어 놓아 걷다가 힘들면 쉬었다가 가곤 해서 여유와 편안한 산행이었다. 숲은 사람의 마음을 편안하게 한다. 무언가 알 수 없는 에너지를 발산한다. 그 속을 거닐며 사람들은 힐링한다.

마음 맞는 사람들과 함께라면 더없이 좋은 정기가 느껴지지 않던가. 걷다 보니 맨발로 걷는 이들이 의외로 많다. 요즘 지역마다 황토가 준비된 곳이 많던데 이곳도 맨발로 흙을 밟는 이들이 눈에 띈다. 건강에 좋다고 하여 맨발로 흙을 밟고 건강해진 사람들이 한둘이 아니어서 유행처럼 번지고 있는 듯하다. 산길이 포근하여 맨발로 걸어도 좋겠다고 하지만, 일행 중 누구도 신발 벗고 걷지는 않았다. 다만 이구동성으로 다음에는 꼭 신발을 벗고 맨발로 걸어보자고 한다.

점심은 넓은 평상 같은 곳에 여장을 풀고 집에서 싸 온 밥이나 김밥, 빵 등으로 맛있게 먹고 도란도란 이야기꽃을 피운다. 누군가가 재미있는 이야기보따리 하나 풀어놓으면 일행은 파안대소하며 귀를 쫑긋 세운다. 그런 모습들이 한껏 편안하다. 다만 무릎 수술로 함께 하지 못한 엄 여사 빈자리가 크게 느껴진다. 가만 보니 회원 한 사람 한 사람이 특색있고 자연미가 흐른다. 함께 할 수 있어 더없이 고마운 시간 앞에 언제까지 이렇게 산을 찾으며 즐거움을 함께 나눌 수 있을까. 그 시간 같이 있다는 자체만으로도 귀하게 여겨진다.

잠깐의 휴식이라며 돗자리를 펴고 모두 자리에 누웠다. 나뭇잎 사이 사이로 언뜻언뜻 보이는 하늘에 하얀 구름은 저 혼자서 잘도 흘러간다. 나무에 둘러싸여 있으니 알 수 없는 여유와 충만함이 온몸을 감싼다. 두 눈을 감아본다. 깊은 우물에서 두레박으로 물을 길어 올리듯 내 몸속에서 편안함을 길어 올린다. 날마다 똑같은 일상이라면 얼마나 따분할까. 숲이 좋아 산을 찾는 사람들이 이런 느낌을 받아 자주 산을 찾는 것이 아닐까. 숨을 깊게 들이마시고 내뱉는 운동을 스스로 하게 되는 숲은 그래서 참 좋다.

가볍게 스치는 바람에도 여린 잎들은 흔들거리고, 숲이 선물하

는 에너지에 마냥 편안하다. 나무가 빽빽하게 우거진 숲에 들면 바쁘게 돌아가는 움직임도 천천히 하게 된다. 하늘을 찌를 듯한 나무에 둘러싸여 있으면 자연의 생명력에 자신이 얼마나 작은 존재인지 알게 되지 않던가. 울창한 숲에 자주 가면 좋으련만 게을러서 숲을 자주 찾지 못한다. 숲은 우리에게 위안을 주고 희망을 주고, 마음을 치유해 주기도 하지 않던가. 나무 한 그루는 하루 360g의 물을 뿜어낸다고 한다.

이는 15평형 에어컨 8대를 5시간 동안 가동하는 효과를 낸다고 한다. "오뉴월 볕 하루만 더 쬐도 낫다."라는 말이 있다. 음력 오뉴월에는 하루 볕이라도 쬐면 동식물이 부쩍부쩍 자라게 된다는 뜻으로, 짧은 동안에 자라는 정도가 뚜렷함을 비유적으로 이르는 말이다. 그래서인지 숲은 마음을 치료하는 의사라고도 한다. 환자들이 숲속에서 맑은 기운을 마시고 치료하는 일도 다반사이지 않은가. 계절의 변화를 느끼는 유월, 천천히 걸으며 숲속에 머물러 보자. 초록빛 잎사귀 사이로 볕뉘가 쏟아지고 그 빛은 멋진 수식어를 만들어 주어도 좋을 만큼 반짝거린다. 산이 좋아 숲에 머문 사람들, 숲이 좋아 산을 찾는 이 모두 숲에서 힐링한다.

어느 모임이건 사람들이 모이면 즐거움이 따른다. 이야기꾼이 있게 마련이어서 더불어 박장대소하게 된다. 성남시 불곡산 숲속에서 회원들이 한껏 웃고 떠들고 편안히 있다가 돌아간다. 다음 달이 기다려지는 이유다.

[2024. 6. 9]

제천 의림지 설경

쉼터 같은 시간

여행은 낯선 세계와 만남이다. 새로운 친구를 만나고 자연을 만나고, 장소나 건물, 유물 등을 통해 생소한 명소를 알아간다. 삶이 단조롭거나 답답할 때 집 떠나 보면 익숙하지 않은 풍경에 가슴 설레기도 하고, 뇌가 확장되기도 한다. 밥걱정 안 해서 좋고, 때로는 여유로운 시간에 반짝이는 아이디어를 얻기도 하지 않던가,

늘 종종대다가 새해를 열흘 남겨두고 떠난 여행은 축복이었다. 테니스 칠 때 만나던 엄 여사의 제안으로 부부 두 팀과 지인이 합세하여 여섯 명이 청량리역에서 제천행 무궁화열차를 탔다. 오랜만에 타 보는 기차 여행은 소풍 가는 아이처럼 달큰했다. 제천역에 내려 그 지역을 안내하는 전용 택시를 탔다. 숙소인 ES 리조트에 여장을 풀고 오후에는 문학기행으로 몇 번 다녀간 청풍 문화재단에 들러 청풍호에서 유람선을 탔다. 유람선에 승선하고 보니 노르웨이의 피오르드가 생각난다.

양옆 산이 낀 긴 호수를 가며 산 위에서 쏟아지는 폭포에 시선

의림지 겨울 풍경

이 멈췄던 순간, 놀라움을 금치 못했다. 아침 무지개를 보고 환호성 치던 그때도 내가 그 시간 그곳에 있다는 것이 믿기지 않았다. 이렇듯 여행은 신선한 감정에 새로운 자신을 발견하기도 한다. 저녁에는 윷놀이했다. 두 팀으로 편을 가른 놀이에 다들 집안이 떠나갈 듯 웃었다. '윷이다' 소리치며 왁자지껄했다. 아무리 작은 일이라도 남을 기쁘게 하기 위해서는 본인의 정성과 시간을 쏟아야 한다는 것을 새삼 느끼며 윷을 준비한 엄 여사가 고마웠다.

이튿날 아침, 단잠 들었다가 깨어 보니 거실 밖에는 함박눈이 펑펑 쏟아지고 있다. 이게 웬 축복인가, 생각지도 못한 하얀 떡가루가 산과 들, 나무 위에도 푹신푹신 내린다. 눈이 쌓이는 곳곳에 눈꽃이 핀다. 김남조 시인은 '설일(雪日)'이라는 시에서 "새해의 눈시울이 순수한 얼음꽃, 승천한 눈물들이 다시 땅 위에 떨구이는 백설을 담고 온다."라고 했다. 지금 오는 눈이 승천한 눈물이라면 얼마나 많은 눈물이 하늘로 올라가 눈꽃이 되어 내리는 걸까.

눈 내리는 날은 어른도 아이로 만들어 버리는 마력이 있는 것일까. 여행지에서 맞이하는 눈은 더 생경하고 마음 들뜨게 한다. 우람한 소나무 위에 펄펄 내린 눈이 소복소복 쌓인다. 그동안 수고했다는 선물일까. 은총일까, 황홀한 축연일까. 아무도 밟지 않은 흰 눈 위에 발자국을 남기니 신선이 된 느낌이다. 호사를 누리고 있다는 생각마저 든다. 눈을 맞으며 우산을 쓰고 아침 산책을 한다. 영화라도 찍는 것처럼 소나무 숲길에 팔짱 끼고 나란히 걸어가는 부부 뒷모습이 한 장 그림으로 남는다.

애교 많고 짓궂기까지 한 엄 여사가 가던 길을 멈추고 눈 위에 철퍼덕 앉으며 깔깔거린다. "너무 좋다." 전날부터 감탄사를 연발하더니 눈 속에서는 청순한 아이처럼 꾸밈없이 해맑게 웃는다. 신이 난 모양이다. 사진도 그냥 찍는 것보다는 동작을 나타내고 웃기는 포즈로 취하란다. 그런 사진이 나중에 보면 보기 좋고 사람을 웃게 만든다는 거다. 한참 재미있는 시간에 리조트 떠날 생각을 하니 아쉬움이 밀려온다. 지금까지 왜 그렇게 종종대며 살아왔을까. 알 수 없는 무언가에 울컥한다. 빈방에 잘 쉬었다 간다는 인사를 건네고 잠시 머물던 숙소를 나와 의림지로 향한다.

그곳 역시 문학기행 때 다녀간 터라 익숙한 풍경이다. 맑은 물은 온 간데없고 하얀 눈만 쌓여 어디가 길이고 호수인지 분간하기 어렵다. 말 그대로 설국이다. 소나무 숲에 이르자 노송들은 의젓하고도 너그러운 자태로 장군처럼 서 있다. 띄엄띄엄 있어 의림지를 보호하고 있는 듯한 여유가 느껴진다. 우람한 이 나무가 말을 한다면 그동안의 역사를 들려줄 수도 있을 텐데, 속으로만 삭여 옹이진 사람처럼, 안으로만 가라앉혀 단단한 나이테를 만들었을까. 어떤 것은 쓰러질까 봐 지지대를 세워주어 안쓰럽기까지 하다. 눈 무게에 명품 소나무 가지가 뚝뚝 부러지지 않을까 염려스럽다.

여백은 여유이며 쉼터다. 선조들은 여백을 통해 여유를 찾고자 했고, 삶을 조금 천천히 돌아보는 계기로 삼았다고 한다. 한국 미술에서 여백의 사전적 의미는 "단순히 비어 있는 공간이 아니라

오히려 채워진 공간보다 더 많은 의미와 사유, 언어로는 표현할 수 없는 초월적이며 정신적인 것을 상징한다. 그려진 형상보다는 사물의 본질과 맞닿아 있다.”라고 적고 있다. 여백은 그만큼 여러 가지 의미로 해석된다. 글도 꽉 채운 것보다는 여유로운 공간이 있어야 느긋하고 차분하게 보인다.

집 안도 헐렁해야 편안하고, 사람도 빈틈없는 사람보다는 어딘지 모르게 어수룩한 사람이 정이 가지 않던가. 이번 여행은 내게 쉼터 같은 시간이었다. 하얀 세상에 둘러싸인 리조트 풍경, 청풍호와 의림지, 명품 소나무 숲길로 쏟아지는 눈 길을 걷던 오붓했던 시간은 오래도록 잊히지 않을 것 같다. 우리는 황혼의 한 페이지를 그렇게 장식했다.

[2022. 12.]

숲이 건네는 말

코비드19에 묶여 지낸 지 1년이 후딱 지나갔다. 눈에 보이지 않
는 바이러스에 전 세계가 팬데믹 상태로 불안한 시간 속에 살고
있다. 오가던 곳을 갈 수 없는 불편함을 겪고 있지만, 그래도 봄
은 오고 계절의 여왕 오월이 왔다. 들판은 하루가 다르게 녹음이
짙어지고 제철 꽃은 피었다 진다.

가끔 집 근처 봉화산에 오르면 나무들은 어느새 숲을 이루어

하늘을 뒤덮고 있다. 쉬엄쉬엄 가다 보면 청설모가 오르락내리락하며 내 눈치를 본다. 어쩌다 만나니 아는 체라도 하려는 걸까. 앙증맞다. 까치, 직박구리, 참새 등 새소리도 정겹고, 딱따구리도 멀리서 나무 쪼는 소리로 자신을 알린다. "까르르륵 딱딱"하는 울림이 반갑다. 푸르게 펼쳐놓은 숨결에 맑은 공기를 내 몸 가득 불어 넣으면 나도 잎이 푸른 나무가 된 기분이 든다.

오월 둘째 주 햇빛 반짝이는 일요일 등산 모임에서 과천 서울대공원 산림욕장 둘레 길을 걸었다. 대공원 입구에서 오른쪽으로 돌아가니 광릉 국립수목원 입구처럼 아름드리나무들이 양옆으로 죽죽 늘어서 있다. 하늘을 올려다보니 온통 연두색 이파리들 환영으로 나뭇잎이 살랑거릴 때마다 햇살이 비친다. 나는 이런 오월이 참 좋다. 마스크를 벗고 크게 심호흡하니 향긋한 숲 냄새에 와, 소리가 절로 나온다. 계절에 따라 특색 있는 풍경을 선사하는 자연은 오늘도 피톤치드로 나를 위로한다. 녹음 우거진 숲속이 그렇게 상큼할 수가 없다.

회원들도 하나 같이 "와, 너무 좋다"를 연발하며 코를 벌름거린다. 모두 낯빛이 환하다. 전날 미세먼지 강풍으로 뿌연 먼지 속에 있다가 신록을 맛보아서일까. 다들 기분 좋은 표정이다. 오붓한 여유 안에 있음이 감사한 시간, 집에 있었으면 어쩔 뻔했나 싶다. 오르락내리락하며 아기자기한 길을 걷다 보니 저 아래 대공원 호수가 한눈에 들어온다. 멀리 동물원으로 들어가는 다리 위에 리프트가 점선이 된 풍경, 가장자리 나무들은 물속 그림자로 한 폭

의 그림 같다.

오솔길을 지나 산등성이에 오르자 갑자기 산들바람이 와락 안겨 온다. 엽록소들이 일제히 기쁨의 함성을 지르듯 깊고 푸른 하늘 바다에 펼쳐진 팔랑개비들이 온몸으로 자신을 표현한다. 파드득거리는 물고기처럼 꿈틀대며 윤슬로 반짝거린다. 빛의 에너지에 거대한 고래 같기도 하고, 수백 마리 어류 떼가 펄떡이며 몰려다니는 것 같은 형상, 살아있는 생명체의 움직임이 놀랍다. 보는 각도에 따라 달리 보이는 그림처럼 하늘을 수놓은 나뭇잎들이 바다의 역동성으로 다가와 눈앞에서 일렁인다. 푸른 합주가 신비롭다.

일행은 나무 의자가 죽 늘어선 응달에 앉아 산림욕을 했다. 발밑을 내려다보니 개미들이 땅바닥에서 분주히 움직인다. 벌 나비도 날아와 놀자 하고 날벌레도 다가와 기웃댄다. 이름을 알 수 없는 야생화, 보잘것없는 풀 한 포기, 벌레 한 마리조차도 이 숲과 함께 사는 일원 아닌가. 눈여겨보지 않으면 보이지 않는 숲의 주인공들은 또 얼마나 많은지, 물 한 모금 맛있는 음식도 자연에서 오는 서로 연결된 우주 아닌가. 다시 걷는 둘레길 곳곳에 이런 쉼터가 있어 사람들은 좋겠지만, 산은 몸살을 앓고 있는지도 모르겠다.

맑은 하늘, 하얀 구름, 새소리, 바람 소리, 물소리, 나뭇잎 소리에 동요된 사람들이 앞서거니 뒤서거니 하며 흥얼거린다. "목장 길 따라 밤길 거닐어 고운 님 함께 집에 오는데" 젊어서 불렀던 노래를 합창으로 부르며 즐거워한다. 짓궂기도 하고 얼굴에 웃음 가득하다. 주어진 상황에 최선을 다한 70대 중반 할아버지들이 정년 퇴임 후 테니스 치며 한 달에 한 번은 산을 찾아 자연과 마주하니 덕분에 부인들까지 축제를 맛보고 덩달아 흥얼거린다. 수림 속에 있어서인가, 나이를 가늠하기 어렵고 다들 동심으로 돌아간 아이 같다.

그냥 좋고 마냥 실실 웃는다. 다들 자연의 일부가 되어 오월 나뭇잎처럼 푸르고 생기가 돈다. 오솔길을 지나 계곡물을 건너며 장장 4시간이 소요된 숲길, 선녀 못이 있는 숲, 얼음골 숲, 생각하는 숲, 쉬어 가는 숲, 원앙이 숲, 독서하는 숲, 등 재미있는 이야기 길을 지나와 서울대공원 안으로 나오는 둘레 길을 완주했다. 사람을 행복하게 하는 데는 얼마나 푸르름을 보고 사느냐에 달려있다고 한다. 나를 보듬어준 숲에서 마음이 맑아지고 울창해진 것 같다.

자연을 닮고 싶었던 넉넉한 하루 '있을 때 잘해'라는 말이 귓전에 맴돈다. 자연도 사람처럼 아끼고 사랑해야 한다는 산의 울림이다. 훼손하지 말고, 잘 가꾸어 후손에게 물려주어야 한다는 내 생각이고 숲이 건네는 말이다.

문학의 숲

가끔은 입에 맞는 음식을 먹고 싶듯 맛있는 공기를 마시고 싶다. 마음의 빈곤을 느낄 때 글 쓰고 싶듯, 영혼의 자유를 누리고 싶을 때 숲이 생각난다. 나무가 펼친 숲 그늘에 들면 마음이 평온하다. 잠시 한줄기 볕뉘라도 쏟아지면 고요한 사색에 저절로 스며들지 않던가.

코비드19가 오기 전 경북 울진 국도변에 있는 금강소나무 군락지를 찾았다. 그곳은 금강송이 우거져 생태 문화 탐방 명소로도 유명한 곳이다. 내가 찾아간 초여름, 입구에서부터 수백 년 살았을 소나무들이 숲을 이루고 있어 공기부터 맑았다. 숲 그늘을 보자 여기저기서 와, 작은 탄성이 나온다. 사람도 오래 사귄 친구가 허물없고 편안하듯, 울창한 소나무 숲도 왠지 모를 후덕함이 느껴진다. 두 팔 벌려 웅장한 소나무를 끌어안고 "소나무님, 사랑합니다." 속삭인다. 한번 마음 주니 엄마처럼 푸근하다.

조금 가다 보니 일반소나무와 금강소나무를 비교할 수 있는 체

험장도 있어 소나무 나이테도 눈여겨보고, 거북이 등껍질 같은 수피도 만져보았다. 우리네 인생이 그러하듯 힘들게 살아온 나무 표면이 갈라지고 투박하게 골이 패어 있어 주름진 할아버지 얼굴이 연상된다. 나무도 사람같이 생존경쟁에서 살아남기 위해 애쓴 흔적이 고스란히 남아있어 애틋하다. 맑은 물이 흐르는 징검다리를 건너자, 숲은 한층 더 깊은 초록으로 물들어 성숙한 몸짓으로 손짓한다.

소나무 아래 사잇길을 걸으니 기분 좋아 펄쩍 이는 아이처럼 저절로 흥얼거리게 된다. 앞서거니 뒤서거니 늘어서 가는 사람과 숲이 한데 어우러져 움직이는 풍경화처럼 보인다. 설치된 나무 의자에 앉아 쉬고 있는데 갑자기 "두 눈 감고 주위 소리에 귀 기울여 보세요."라는 말이 들린다. 일행 사십여 명이 가이드 말에 다 같이 눈을 감았다. 끼리끼리 재잘거리며 웅성거리던 사위가 조용해지니 숲에서 졸졸 흐르는 물소리, 쏴아 하는 바람 소리, 맴맴 울어대는 매미 소리, 포드득 날아가는 새소리 등 조금 전 듣지 못했던 소리가 귓속에 와 박힌다.

피아노 선율도 흐른다. 상상일까, 느낌일까, 아니면 감각의 스위치가 켜진 것일까. 고요하던 숲에서 자연의 속삭임을 듣게 되다니 신령스럽다. 눈 감지 않았으면 감지하지 못했을 소리가 귓속에서 퐁당퐁당 뛰어다닌다. 세계적인 음악가 베토벤, 쇼팽, 슈만, 브람스, 바그너 등도 숲을 주제로 한 고전음악이 많은데 이런 느낌으로 좋은 곡이 탄생하였을까. 그렇다면 숲이 창작의 산실 아닌가.

귀로 만나는 숲속 연주는 작은 음악회라도 여는 것 같아 감미롭다. 태양이 이글거리는 대낮 눈을 돌리는 대로 보이는 풍경은 액자 안의 그림 같다.

예술은 어쩌면 보이지 않는 것을 볼 줄 알아야 하고, 들리지 않는 것을 들을 줄 알아야 하고, 만져지지 않는 무언가를 만질 줄 알아야 좋은 작품이 나오지 않던가. 지금까지 알토란같은 글은 쓰지 못했지만, 문학의 숲 안에 촉수 하나 담그고 있음이 흐뭇했다. 눈 감았을 때와 떴을 때 주변의 소리가 다르듯이 문학도 내가 얼마만큼 귀 기울이고 정성 들였느냐에 따라 무늬와 색깔이 다르지 않던가. 작가라면 누구나 명문장을 만들려고 애쓰지 않던가. 자연은 창조의 원동력이다. 자연 속에 있으면 번득이는 무언가가 꿈틀대지 않던가. 문학은 무한한 상상력과 희망, 꿈으로 작은 숲을 안겨주었다.

내가 숲이 되고 풍경화가 되어 누군가에게 좋은 에너지를 줄 수 있다면 더 바랄 것이 없겠다.

봉정암 가는 길
– 공평한 순례자의 길

설악산 봉정암을 향해 간다. 연록이 짙어지는 사월 마지막 주 산야는 연둣빛으로 물들어 오월로 치닫고 있다. 참기름을 발라 놓은 듯한 싱그러운 계절, 나뭇잎이 살랑거린다. 오래도록 보고 싶은 장면들이다. 나도 할 수 있다는 자신감에 신청은 하였으나 두려움 반 설렘 반으로 출발한다. 별 탈 없이 완주할 수 있을지 걱정이 앞선다.

가는 날이 장날이라고, 백담사로 들어가는 미니버스를 타려는데 비가 내린다. 우산을 써야 할 만큼 많이 쏟아진다. 그래도 마음먹고 떠난 길이니 멈출 수는 없지 않은가. 백담사에 내려 버스 한 대의 일행 모두 절로 들어가 아침 겸 점심 공양을 한다. 나물 반찬에 미역국이 얼마나 맛있던지 지금 이 글을 쓰면서도 입맛이 다셔진다. 봉정암을 가기 위해 백담사 앞 다리를 건너는데, 너른 계곡 바닥에 수백 개의 돌탑이 쌓여 있다. 작은 돌탑이 진열장 안에 진열해 놓은 인형 같다. 누군가 정성 들여 만들었을 텐데, 무슨 연유로 이 많은 돌탑을 쌓아놓았을까, 폭우라도 쏟아진다

봉정암 가는 길

봉정암 백담사 꼐곡의 수많은 돌탑

면 강물에 모두 휩쓸려버릴 것만 같아 공연히 안쓰럽다.

초입은 계곡을 끼고 한적한 숲길로 이어져 있다. 윤기 흐르는 숲길이 아기자기한데, 올라갈수록 험한 길로 이어진다. 힘은 들어도 마음이 시원하다. 처음 산행을 계획했을 때는 칠십이 넘었다는 이유로 여행사에서 받아주지 않아 얼마나 서운하던지, 틀렸구나 했었다. 친구의 도움으로 받아주는 곳이 있어 얼마나 다행이던지, 백담사에서 영시암까지 3.5km로 1시간 거리가 된다. 여기까지는 그런대로 순조로운 길이다. 영시암에서 제공하는 커피는 공짜다. 끓는 물이 준비되어 있어 먹고 싶으면 누구나 타 먹고 떠난다. 송구스러워 돈을 주어도 받지 않아 연신 고개 조아리게 된다. 사탕도 한 바구니 내놓았다.

이런 선행을 베풀기까지는 누군가의 마음이 동했으리라. 산행길에 입 마르고 단 것이 필요할 테니 마음대로 먹으라는 부처님 선물인가도 싶었다. 영시암을 지나면 오세암으로 가는 길과 수렴동 대피소로 가는 두 갈래 길이 나온다. 여기서 수렴동 대피소로 가는 길을 택하면 여기서부터 봉정암까지는 7.1km 4시간에서 5시간 정도 걸린다. 계곡물은 에메랄드빛으로 누군가 연한 물감을 풀어놓은 듯하다. 보고 또 보아도 신령스럽다. 물소리 새소리가 청정하고 평화롭다. 초행인 나는 남편과 둘이 바삐 걸어도 일행을 따라가기 힘들다. 뒤처지지 않으려고 안간힘을 쓰지만, 무리하면 안 되니까 몸을 살피면서 걷는다. 조금 있으려니 산이 말을 걸어온다. 쉬었다 가라고, 어느새 비도 멎었으니 앉아서 자연을 감상

현 위치 번호
Position No.
설악
SEORAK
10-23
해발 756m
국가지점번호
라·아
8112
1525
신고처
공원사무소
(033)
801-0911
119

하고 가라고. 물 한 모금 마시고는 서둘러 일어선다.

멀리 용아장성 비경을 바라보며 관음교에 이르자, 사찰이 얼마 남지 않았다는 신호라고 사람들이 알려준다. 갑자기 다람쥐가 나타나 길 안내를 한다. 청설모는 까맣고 몸집이 길고, 다람쥐는 연한 갈색으로 작고 등에 검은 줄무늬가 있다고 남편이 알려준다. 그동안 다람쥐로 알았던 청설모를 색깔로써 확실하게 구별하게 된다. 만수 폭포, 관음 폭포 등을 지나고 쌍용 폭포 아래서는 양쪽에서 쏟아지는 폭포에 반해 사진 찍는 이들이 줄을 서 있다. 우리도 바삐 걷느라 사진을 찍지 못했는데 한 컷 찍고 다시 산을 오른다. 폭포를 바라보며 힘을 얻는다. 걷다가 보니 말뚝 여러 개가 눈에 띈다.

그 표지판은 대략 500m 간격인데, 설악 10-6에서부터 설악 10-28까지라는 푯말로 사고가 났을 경우 자신의 위치를 알릴 수 있는 유일한 정보라고 한다. 10-28이란 숫자 끝에 봉정암이 있다. 깎아지른 듯한 깔딱 고개에 이르자 갑자기 토네이도 같은 폭풍이 불어 닥친다. 몸이 날아갈 것만 같다. 바람이 엉엉 우는 것 같은 슬픈 소리다. 신의 영역이라는 걸까, 난생처음 듣는 소리는 울음에 가깝다. 등이 오싹하다. 무섭게 몰아치는 강풍으로 바위에 찰싹 엎드려 어린아이처럼 엉금엉금 기어간다. 옆은 낭떠러지, 잘못하다가는 돌이 아래로 굴러 떨어질 것 같아 뒤에 오는 사람을 위해 조심조심 오른다. 숨을 고르며 아래를 내려다보니 까마득하다.

내가 저 험한 길을 어찌 올라왔을까, 엉금엉금 기어오르는 이들이 사력을 다한다. 모두 장하다. 이 고개를 불자들이 '해탈 고개'라 이름 붙였다고 한다. 삶은 누구나 힘든 고비가 있듯 오르고 나니 해냈다는 자신감에 만감이 교차한다. 그 언덕 끝에 봉정암 0.2km 표지판이 보인다. 백담사에서 10.4km 걸어왔다는 신호다. 다시 깎아지를 듯한 길을 오른다. 백담사를 떠난 지 여섯 시간 만에 드디어 봉정암에 도착했다. 해냈다는 자부심에 환호성을 지른다. 숨 가쁘게 달려온 시간, 다시 또 부처님 진신사리가 모셔져 있는 5층 석탑에 겨우 오른다. 그토록 오랜 세월 벼르고 별러 찾아온 봉정암, 긴장이 풀려서일까, 갑자기 다리가 후들거린다.

지칠 대로 지친 몸이 말을 듣지 않는다. 몹시 힘들고 배낭도 무겁다. 한 가지 소원을 들어준다는 석탑 앞에 무릎 꿇고 기도한다. 가족 얼굴 하나하나가 떠오른다. 눈물이 주르르 흐른다. 어느새 어둠이 내리고 옆의 불자들도 최고의 낮은 자세로 합장하여 절을 올린다. 경건한 모습이다. 봉정암 가는 길은 잘난 사람이나 못난 사람, 고관대작 등 누구에게나 공평한 길이다. 누군가에게는 해탈의 길이기도 하고, 다른 이에게는 수행의 길이요, 고행의 길이 되기도 한다. 봉정암을 버킷리스트에 넣어 죽기 전에 꼭 한번 가봐야 한다는 이도 있다. 그만큼 멋진 길이고, 걸어볼 만하다.

봉정암은 오대산 상원사, 태백산 정암사, 사자산 법흥사, 영축산 통도사와 더불어 5대 적멸보궁 중 하나이고, 순례지로도 유명하다. 석가모니 부처의 진신사리를 모셔 놓은 봉정암을 향한 발

5층 진신사리탑

걸음은 나도 할 수 있다는 자신감을 심어준 귀한 시간이었다. 스펀지가 물을 빨아들이듯, 보고 듣는 모든 것이 배움이었다.

[2023. 4.]

내려놓기
– 백운대 등정

신록이 우거진 오월 초하루 남편과 함께 백운대 등정에 나선다. 우이동 도선사 입구로 들어가는 산행은 익숙한 길이라 마음이 놓인다. 한 달에 한 번 등산 모임을 다니면서 워밍업을 해온 터라 그리 어렵지 않았다. 그러나 등산로는 돌길 자갈밭을 딛고 올라서야 해서 예사롭지 않았다.

깔딱고개에 이르자 숨이 가쁘다. 많은 사람이 그 고개에서 숨을 몰아쉬고 심호흡 크게 하고 쉬었다 간다. 인생 고개에 난관을 극복하듯 힘든 여정을 잘할 수 있다는 주문을 외우며 한발 두발 내디딘다. 쉼터로 해놓은 곳에 이르러 심호흡을 크게 하고 보니 식탁과 의자가 있다. 마치 간식 먹고 가라는 누군가의 배려가 아닌가 싶어 고마웠다. 우리는 의자에 앉아 사과 한 개를 반쪽씩 나눠 먹고 다시 걸었다. 쉬엄쉬엄 가다가 쉬기도 했지만, 그런대로 견딜만했다. 산에 오르는 사람들을 보니 내가 젊은이들 틈에 끼어 있다는 사실만으로도 젊어진 기분이다.

남편은 우리가 50여 년 만에 다시 찾은 길이라 한다. 그러고 보니 젊어서 멋모르고 따라나섰다가 혼비백산한 기억이 스멀스멀 피어오른다. 20대 초반이었던 것 같다. 그때는 늦은 가을이었는데 정상에 올랐다가 정릉 길로 내려갔다. 갑자기 날이 어두워져서 바람에 낙엽 구르듯 자갈길을 급하게 뛰어간 기억이 난다. 그때와 지금의 나이 차는 무려 50여 년이다. 그 젊은 날을 생각하면 언제 이렇게 나이 들었나 싶다. 봄이 무르익는 날 산행은 날씨가 좋아서 반팔의 외국인도 많았다. 가다 보니 젊은이들만 눈에 뜨일 뿐 우리만큼 나이 든 사람은 보이지 않는다. 그래도 이 나이에 등산한다는 자부심이 일어 깔딱 고개 넘어 가는 마음이 즐거웠다.

백운 산장이 있는 곳에 다다르자 많은 이들이 의자에 앉아 점심을 먹었다. 정상 가까이에 구조대원도 있고 쉬었다 갈 수 있는 의자와 식탁도 있다. 이런 시설이 있다는 것이 얼마나 좋은지 산행하는 사람 누구라도 위급한 상황이 되면 구조해 주는 이 시스템이 있어 안전하게 산행하는 것이리라. 산속의 화장실시설도 그렇고, 우리나라는 참 좋은 나라다. 새삼 나라에 대한 고마움이 솟구친다. 우리도 그곳에서 점심을 들고 일어섰다. 배가 부르니 산에 오르는 것이 더 힘들었다. 사는 일도 힘들다 힘들다. 하면서도 여기까지 왔는데 포기한다면 안 될 것 같아 머뭇거리지 않고 힘찬 발걸음을 내디뎠다.

오르고 또 오르기를 반복하니 그리 멀지 않은 곳에 정상이 보인다. 바위에 붙은 개미만 한 사람들 날렵한 움직임이 놀라웠다. 산에 올라 이런 광경을 언제 또 볼까, 살아있다는 움직임이 역동적이지 않은가. 정상을 코앞에 두고 갑자기 위험하다는 판단에 가슴이 벌렁거린다. 암벽에 외줄을 잡고 오르고 내리는 사람들이 서로 엉겨 비켜서며 양보해야 올라가고 내려간다. 잘못하다가는 낭떠러지로 떨어질 수도 있겠다는 판단이 선다. 올라가려는 사람, 내려가는 인파가 밀리기 시작했다. 그 상황에 사고가 날 수도 있겠다 싶어 여기까지만 해도 잘했다는 생각이 들어 옆으로 비켜섰다. 뒤에 오는 사람들이 앞으로 나가게 자리를 양보한 것이다.

"20분만 올라가면 정상인데 안 올라갈 거야?" 남편 말에 고개를 저었다. 허약한 신체에 비해서 거기까지 올라온 것만 해도 나는 내가 대단하다 싶었다. 욕심부리지 않기로 했다. 일상에서도 내 욕심을 줄이면 많은 것이 편안해지련만 그 욕심 때문에 몸도 마음도 편치 않았던 적이 있지 않았던가. 욕심은 끝이 없다. 잘한

다. 잘한다고 하니까 더 잘하고 싶은 욕망, 내려놓을 줄도 알아야 하는데 욕심 때문에 일이 벌어지기도 하지 않던가. 옆으로 비켜서 바위에 앉았다. 거기서 아래를 보는 경치도 너무 좋았다. 눈 닿는 곳마다 자연의 하모니가 들려온다. 가슴 벅차오른다. "산행의 본질은 정상을 오르는 데 있는 것이 아니라 고난과 싸우고 그것을 극복하는 데 있다"라고 한 알버트 머메리의 말처럼 나는 어려운 고비를 자신과 싸워 이긴 거라 생각한다. 나도 할 수 있는데 거기까지가 내 임무인 것처럼 비켜서지 않았는가.

한 달에 한 번 등산하면서부터 나도 할 수 있다는 자신감이 생겼다. 산 밑에 다다라서 스틱을 챙기면 몸과 마음이 가벼워지곤 한다. 그래도 꼴찌는 면해야지 하는 마음에 땀이 줄줄 흘러도 뒤지지 않으려 애썼다. 나로 인해 산행이 늦어지는 것이 싫었기 때문이다. 가끔 무릎 통증이 찾아오긴 해도 아직은 괜찮다고 스스로에게 다짐한다. 이 나이에 등산은 꿈도 꾸지 못했는데 동갑인 엄 여사가 있어 가능한 일이었다.

백운대 등정은 정상을 눈앞에 두고 돌아서긴 했지만, 맨 꼭대기에 올라선 거나 다름없다. 맛있는 음식도 어떤 재료를 넣어 만드느냐에 따라 맛이 다르듯이 평범한 일상에서 감사한 마음을 찾는 것도 몸과 마음 건강을 챙기는 일이다. 어떻게 살아야 노년이 행복할까. 정상에 오르지 않아도 기분 좋은 산행이었다.

천년의 숲 비자림

이십여 명의 한국수필작가회 회원이 3박 4일 일정의 제주도로 문학기행을 떠난다. 제주에 도착하니 날씨가 청명해 마음이 상쾌하다. 일행을 기다리고 있는 전용 버스에 올라 친절한 기사의 안내를 받았다. 가이드나 다름없는 기사 멘트는 솜사탕처럼 달콤했고 첫인상이 좋았다. 예약된 식당에서 전복뚝배기로 점심을 먹고 첫 방문지인 비자나무숲 비자림을 향한다.

'천년의 숲 비자림'이란 안내 간판 앞에서 단체 사진을 찍고 서둘러 숲속 산책로로 들어선다. 비자림 숲은 천연기념물 374호로 지정된 곳으로 비자나무가 울창하다. 비자림에 대한 기대감이 커진다. 멀리 숲을 내다 보니 "어서 와"하는 느낌, 내 몸속으로 들어가는 공기부터 다르다. 두 눈 가득 초록의 물결이 일렁인다. 단순림으로는 세계 최대 규모라고 한다. 나무는 재목이 좋아 가구나 바둑판으로 사용하였다고 한다. 숲 가운데에는 제주특별자치도에서 최고령이라고 하는 800년 이상 된 비자나무가 우람하게 서 있다. 높이 25미터 둘레 6미터로 조성목이라고도 한다.

인간이 100년 산다고 해도 이 비자나무가 얼마나 더 큰 어른인지, 머리부터 숙어진다. 비바람 폭풍우를 견뎌내고 이렇게 우람하게 자랐으니, 나무도 자신이 대견하다고 여기지 않을까, 이 나무들이야말로 제주의 역사를 제대로 알겠구나 싶다. 그곳은 수많은 비자나무가 밀집해 있고, 희귀한 난초 식물을 비롯한 각종 나무와 야생화가 자생하고 있다. 푸른 윤기를 머금은 나뭇잎들은 햇빛에 반사되어 유난히 반짝거린다. 대자연이 연주하는 숲의 울림은 입구에서부터 허기진 사람처럼 코를 벌름벌름하게 만든다. 월정사 상원사를 여행할 때 느끼던 솔바람이 제주 비자림에서도 몸을 감싼다.

오밀조밀한 길은 안내 표지판과 나무의 이름표가 있어 많은 도움이 되었다. 정글 숲 같은 좁다란 길 색깔이 화산토로 만들어서인지 예쁘다. 가다 보니 겨울에 핀 붉은 동백꽃이 가끔 눈에 띈다. 맑은 공기를 마시며 하늘을 가리고 있는 숲길을 걷는다. 나도 자연과 교감하며 그동안의 스트레스에서 벗어나 많은 위로를 받는다. 가슴이 뻥 뚫리는 기분이다. 회원들 얼굴도 숲처럼 싱그럽고 꽃처럼 환하다. 문우들은 오랜 지기로 소풍 나온 아이가 되어 깔깔거리며 즐거워한다. 오랜 지기로 문학을 만나 작가의 길을 함께 걸으니, 우리는 서로에게 좋은 친구 아닌가.

자연에 대해 한마디씩 던지는 말이 예사롭지 않다. "나도 나무가 되고 싶다. 이 나무처럼 늘 푸르고 싶다. 누구나 좋아하는 청정에너지를 품고 살았으면 좋겠다." 등등 그곳에서 받은 느낌을

바로 표현한다. 살아서도 천년 죽어서도 천년이라는 비자나무는 잎이 바늘처럼 뾰족한데 늘 푸르단다. 잎나무로서 제주도와 남부 지방에서만 자라는 귀한 나무라니 더 자세히 보게 된다. 비자나무는 습기에 강해서 예전부터 건축 자재로 쓰였다. 열매는 구충제로 쓰이기도 하고, 기름을 짜기도 했단다. 숲은 코비드로 힘든 시간을 보낸 내 몸속으로 피톤치드를 마구마구 보내주었다.

일부러 숨을 크게 들이마시기를 반복한다. 두 눈 감고 두 팔 벌려 그 속에 안겨 본다. 숲속은 각종 희귀식물로 활기가 넘쳐나 생기가 돈다. 특히 비자나무는 '테르펜'이란 성분이 피톤치드와 같이 숲속의 공기에 포함되어 있다고 하니 걷는 것만으로도 건강해지는 느낌이다. 편백, 삼나무, 비자나무, 소나무 등 침엽수가 많아서인지 그냥 편안하다. 천천히 자유롭게 걸으며 인간이 자연 혜택을 많이 보고 살면서도 그 은혜를 모르고 지냈구나 싶다. 많은 사람이 이 맛에 숲을 찾는 것은 아닐까. 코로나 때문인지 사람이 많지 않았으나 삼삼오오 짝을 지어 간간이 산책하는 모습이 보인다.

열대우림 비자나무 숲에 있으니, 가족과 함께 다시 오고 싶다는 생각이 든다. 오랜만에 산림욕 제대로 한 것 같다.

[2022. 5]

가을 시선

고난의 시간보다 행복한 순간은 금방 지나간다. 우리의 일상은 자잘한 일들이 끊임없이 일어난다. 여행에서 얻어지는 충족감은 자신만이 알게 되지만, 그 여파는 인생의 책갈피에 고스란히 남아 살아가는 내내 잊히지 않는다. 지금까지 살면서 이런 경치 얼마나 보고 살았을까. 가까운 곳에 있는 풍경은 보지 못하고 멀리 가는 여행만 꿈꾸며 살지는 않았는지, 남산 자락에서 겸손을 배운다.

가을이면 사람들은 내장산 단풍을 호남의 금강산이라고 부른다. 각종 매스컴에서는 연일 곱게 물든 내장산 단풍을 보도한다. 들어가는 입구부터 꽃불이 붙은 전경은 누구라도 얼른 가보고 싶게 만든다. 나무 이파리들이 온통 붉은 색으로 떨어진 잎이나 매달린 이파리가 모두 곱다. 그래도 나는 그쪽에 한 번도 가보지 못했다. 매년 매스컴을 통해 눈요기만 하고 있다.

오래전 늦가을 어려서 한동네 살았던 친구 십여 명이 봉고차 한 대로 설악산을 찾았다. 만산홍엽에 물든 단풍 구경을 하기 위해서였다. 가는 날이 장날이라고, 입구에 도착하니 가을비가 부슬부슬 내린다. 잔뜩 기대를 걸고 떠났던 친구들은 모두 언짢아했다. 가는 길에 휙휙 지나는 산을 봐도 단풍은 별로였다. 설악산 입구 역시 마찬가지로 단풍은 곱게 물들지도 않았고 드문드문 매달렸다. 실망한 친구들은 하나 같이 시기를 잘못 택했다고 이구동성이었다.

이런 단풍은 서울에서도 얼마든지 볼 수 있다고 실망이 대단하다. 그래도 형형색색의 우비를 사 입고 단풍 구경에 나섰으나 몇 걸음 가지 못하고 돌아섰다. 보나 마나 한 단풍은 차 안에서도 얼마든지 볼 수 있지 않은가, 눈요기도 못 한 단풍 구경은 비 구경만 하고 돌아섰다. 설악산도 구름에 가려 보여주지 않아 마음으로만 그리며 차를 돌렸다. 잔뜩 기대했던 여행이었는데 헛걸음한 것 같아 못내 아쉬웠다.

매달 등산하는 모임이 11월 둘째 주 일요일 남산을 찾았다. 남산은 아이들 어렸을 때는 그래도 부모 노릇을 한다고 가끔 가보던 곳이다. 기껏해야 식물원이나 전망대 쪽을 가는 것이 고작이었다. 남산에 간다고 했을 때 설렘 같은 기대감이 별로 없었다. 그냥 예전에 다녔던 곳이라 내가 알고 있는 정보만 눈에 선했다. 하지만 그날 남산 둘레길은 남달랐다. 길을 가다가 생각지도 못한 지인을 만났을 때의 반가움이라 할까, 보고 싶은 어머니를 만난 기쁨이라 할까. 걸으면 걸을수록 가을 단풍의 신비함 속에 휩싸였다.

남산 뒤쪽으로 갔을 때 생전 처음 보는 풍광이 펼쳐졌다. 비 온 뒤의 화려하고 멋진 옷을 차려입은 남산은 색다른 얼굴이었다. 수많은 이야기를 품었을 붉고 고운 단풍이 지천이었다. 큰 나무에 매달려 하늘을 뒤덮은 단풍, 이미 떨어져 발길에 차이는 단풍색이 너무 고와 연이은 감탄사가 절로 나온다. 회원들은 "너무 좋다"를 연발하며 눈에 보이는 광경에 혀를 내둘렀다. 오래전에 지리산 바래봉에 갔을 때 철쭉이 불이 난 듯 옮겨붙은 불덩이로 보였는데, 남산 역시 단풍 불이 번지고 있는 듯한 화려함에 멀리 보거나 고개를 뒤로 젖힌 상태에서 눈을 떼지 못했다.

기분 좋으면 사람들은 소리 지른다. 지나는 사람들이나 일행은 연신 감탄사를 연발하며 한 아름의 단풍을 주워 휙 뿌리며 짓궂은 아이처럼 장난을 친다. 나이를 잊은 사람들이 좋아서 야단이다. 내장산이나 설악산 단풍보다 더 좋다고 흥분한 목소리가 창공에 뿌려진다. 남산에 이런 곳이 있었다니 믿기지 않는다고 이구동성이다. 70대 후반에도 가슴 뛰는 감성이 살아있다니, 나이는 숫자에 불과한 것일까. 다들 가던 길을 멈추고 사진 찍으며 단풍 속에 머문 시선을 떼지 못한다.

'아우구스티누스'는 "세계는 한 권의 책이다. 여행하지 않은 사람은 그 책의 한 페이지만 읽는 것과 같다."라고 말했다. 그렇다면 나는 오늘 얼마나 많은 쪽의 남산을 읽은 것일까. 매스컴에 나오는 내장산 단풍이나 친구들과 떠났던 설악산 단풍, 남산 둘레길 단풍은 내 가슴 책 갈피에 여러 장의 그림으로 남아있다. 가까이에 있는 것을 보지 못하고 멀리 있는 것만 그리워했는데, 그해 가을 남산 단풍은 명품 숲이었다. 벅찬 감정 가슴에 담기에는 나의 존재가 너무 작은 날이었다.

[2023. 11.]

2.

예술과 낭만,
서유럽

알프스의 하루

일상을 뒤로하고 자유의 몸이 된 나는 현실과 동떨어진 시간 속에 살고 있다. 여유를 부리며 호텔 식당에서 맛있는 빵과 우유, 샐러드로 아침을 먹고 서둘러 전용 버스에 오른다.

스위스는 대한민국 국토의 절반이 채 되지 않는 땅, 그나마도 80% 이상이 유럽의 지붕이라 하는 융프라우가 차지하고 있다. 옆집 사람이 잘못하면 바로 신고할 만큼 전 국민이 경찰관이라고 한다. 그만큼 가장 안전한 나라이기도 해서 가끔 스위스 은행 계좌를 통해 불법 자금 세탁을 한다는 뉴스를 듣는다. 또한 오메가 롤렉스 등 시계도 유명하다. 특산품으로 초콜릿도 있다. 한국인이 가장 가고 싶어 하는 나라가 '스위스'라고 한다. 풍광에 매료되어 은연중 나도 스위스를 동경했었다.

이탈리아에서 국경을 넘어 스위스로 가는 길은 산을 뚫어 만든 굴을 몇 개 지나야 한다. 휴게소에 도착하니 햇볕은 쨍쨍한데 공기부터 맑고 신선하다. 코타르지방 산을 넘어 57km의 터널은 기네스북에 올라가 있다. 날씨가 좋아 알프스의 빙하를 볼 수 있다는 기대감이 풍선처럼 부풀었다. 호수가 많아서일까, 산 아래

있는 형형색색의 집들이 아기자기한데 창밖의 풍경이 이채롭다. 루체른에 도착해 '빈사의 사자상'에 들렀다. 저 멀리 돌벽에 사자 상이 슬픈 표정으로 앉아 있다.

무슨 사연일까, 싶었는데 전쟁에서 죽어가는 스위스 용병을 기리기 위해 만들어졌다고 한다. 그래서일까 사자의 슬픈 눈에 애틋함이 서려있다. 버스와 전차가 오가는 도심, 시계의 나라답게 시계만 진열된 시계 백화점을 돌아보고 카펠교로 향한다. 유럽에서 가장 길고 오래된 목조다리다. 비가 와도 젖지 않도록 지붕을 기와로 얹었다. 다리는 간간이 꽃이 핀 화분이 내걸리고 중간에 선물 가게도 있어 여행객에게 인기 있는 장소로 알려져 있다. 나는 특별히 살 것이 없어 눈요기만 하고 돌아섰다.

오후에 인터라켄으로 이동해 산악 열차를 타고 피르스트로 향한다. 해발 약 4,000m가 넘는 봉우리와 빙하의 모습을 조망할 수 있는 피르스트는 베르너 오버란트 지역에서 가장 손꼽는 경치를 간직하고 있다. 그린델발트에서 케이블카를 타고 피르스트 산 위를 오르면서 내려다보면 푸른 초원이 장관이다. 멀리 보이는 알프스는 햇빛에 반사된 빙하가 하늘과 접선하고 있는 듯 맞닿아 있다. 올라갈수록 점점 작아지는 마을 풍경, 발밑에 방목하는 소떼에서 워낭소리가 정겹다. 발 아래 펼쳐진 들꽃을 보니 어디선가 알프스 소녀 하이디가 사뿐히 나타나 요들송을 부를 것만 같다. 흐르는 배경음악이 귓전에 맴돈다.

버스에서 듣던 요들송이 허밍으로 흐르고 들판의 평온함에 마

스위스 알프스

스위스 알프스

스위스 용병을 기리기 위한 빈사의 사자상

알프스 전망대에 올라

냥 빠져든다. 전망대에 오르니 장대하고 웅장한 설산이 은은하게 펼쳐져 있다. 은빛 물체가 에메랄드빛으로 반짝거리며 큰 덩어리에 광채가 난다. 세계 각국의 여행객이 먼저 올라와 환호성이다. 케이블카를 타고 오르며 설원을 마주 보긴 했어도 높은 곳에서 반대편을 건너다보니 은빛 광채가 환상적이다. 모든 것을 포용하려는 온화한 어르신 인품이 난다. "살다 보면 용서 못 할 일 하나도 없다던" 글귀가 생각난다. 이 장엄한 아우라에 자신을 내려놓고, 모두를 좋아할 것만 같다. 그냥 멍하니 바라보는 것만으로도 알 수 없는 에너지가 느껴진다. 전망대 스카이워크 난간 그 아래는 수만 리 낭떠러지, 나는 앙당그리다가 중간쯤에서 사진만 찍고 얼른 되돌아 나왔다.

그 가장자리에 서서 자기 나라 언어로 소리치는 사람들의 담대함이 놀랍다. 멋진 풍경 앞에 연이은 감탄사를 쏟아내하는 젊은 이들, 생동감이 넘친다. 지난겨울 강원도 정선에 갔을 때 강화유리로 만든 스카이워크 전망대 끝에서 무서웠던 기억은 댈 것도 아니다. 젊은 사람들은 난간 끝에서 찰나를 놓칠세라 두 팔 벌려 "누구야~ 사랑한다."를 외치며 알프스와 하나가 된다. 자연이 주는 선물에 감동한 사람은 나뿐만이 아니다. 여행객 모두의 얼굴에서 즐거움이 가득한 표정에서 행복감을 느낀다.

목표를 달성한 사람의 희열일까, 알 수 없는 눈물이 핑그르르 돈다. 그때 어디선가 피아노 선율이 흐른다. 사랑한다. 그 모두를. 알프스의 하루가 그렇게 저물었다.　　　　　　　　　　　[2018. 8]

하이델베르크 언덕

여행은 계획을 세우면서부터 시작된다, 짐을 챙기면서부터 설렘이 동반되고, 목적지에 닿으면 그제야 실감이 난다. 더구나 유럽 여행은 처음이어서 두려움이 앞섰다.

서유럽 여행 첫날, 독일 프랑크푸르트 공항에서 10박 12일 일정을 같이할 가이드와 일행을 만났다. 마침, 여름방학이어서 아이들을 데리고 온 가족이 네 팀, 부부 동반 다섯 팀, 남매 한 팀, 친구 한 팀 등 서른한 명이 일행이 되었다. 같은 비행기를 타고 왔지만, 이국땅에서 처음 만난 이들이 한 민족이라는 것만으로도 반갑고 말이 통해서 좋았다. 한국보다 일곱 시간 늦은 독일은 우리가 도착했을 때 저녁이었다. 호텔에 여장을 풀고 창밖을 내다보니 서울 같으면 깜깜할 텐데 창밖이 어둡지 않고 훤하다. 이튿날 잔용버스로 첫 여행지 하이델베르크로 향한다.

지성과 낭만의 도시로 알려진 하이델베르크에 간다니 마음이 한층 들떠있다. 골목길을 걷는데 오래된 주택 분위기가 고풍스럽고 단아하다. 하이델베르크 성은 '푸니쿨라'라는 산악 기차를 타고 비탈길을 올라가야 한다. 기차라기보다는 20여명 정도 탈 수 있는 엘리베이터 같다. 서너 명이 앉을 수 있고 나머지는 서서 가야 한다. 경사진 언덕을 5분 정도 올라가니, 아치형의 벽돌색 문이 나타난다. 그 문은 프리드리히 5세가 영국에서 데려온 아내 엘리자베스를 위해서 하루 만에 만들었다고 한다. 엘리자베스 문이라 부르는 그 문을 들어서면 근사한 정원이 나타난다.

너른 정원을 보니 왕의 사랑을 한 몸에 받았을 왕비의 모습이 그려진다. 괴테가 한 유부녀와 사랑에 빠지면서 하이델베르크를 자주 찾아와 애인에게 사랑을 고백했다는 유명한 문이기도 하다. 푸른 나무가 있는 정원을 뒤로하고 하이델베르크 성으로 올라간다. 웅장한 건물 곳곳에 폭격 맞은 자리가 그대로 있어 30년 전쟁과 화재로 인해 순탄치 않았을 수백 년의 역사가 그려진다. 잠시 우리나라 6·25가 연상된다. 건물 대부분은 바로크 건축양식으로 1, 2차 대전 때 폭격을 맞아 무너졌다고 한다. 무너진 건물을 방치한 듯 보였으나 과거를 기억하기 위해 그대로 보존되어 하이델베르크의 상징이 되었다고 한다.

웬만하면 헐고 새로 짓는 우리나라와 비교되어 시선을 뗄 수 없었다. 하이델베르크 성에서 내려다보면 구시가지가 훤하다. 붉은색 지붕은 주택이고, 간간이 보이는 검은색 지붕은 성이나 교회라고 한다. 붉은색과 검은색의 조화 속에 네카어강이 흐른다. 강물을 볼 때마다 서울의 한강을 떠올린다. 한강이 있는 우리나

독일 하이델베르크 성 광장

성에서 내려다본 네카어 강 주변

라에 살고 있음에 자부심이 느껴진다. 계단을 통해 지하로 내려가니 나무로 만든 어마어마한 술통이 있다. 세계에서 제일 큰 술통이라는데 용량이 무려 18만 5,500리터나 된다고 해서 놀랐다. 가는 곳마다 가이드의 해설이 이어지고 우리는 열심히 들으며 따라간다.

2층에 오르니 큰 술통이 또 하나 있어 보는 이마다 와! 하며 감탄한다. 사진을 찍고 싶어 자세를 취했으나 밀려오는 인파에 휩쓸려 그냥 나오고 말았다. 약제 박물관에 들러 중세 시대의 약국을 관람하고 성을 내려왔다. 광장에는 여행객이 북적이고 골목은 상점 카페가 즐비하다. 대낮에도 카페에 앉아 정답게 이야기 나누며 맥주 마시는 풍경이 이채롭다. 우리 부부도 한국 돈으로 한 잔에 5,000원 정도 하는 맥주를 사 마셨다. 맥주를 좋아하는 편은 아니지만, 테니스 치고 나서 몹시 더울 때 한 잔 마시던 기억을 떠올리며 맛을 보니 부드럽고 풍미가 있다.

4,000여 종의 맛과 향을 지닌 맥주의 나라답게 그들은 지나가는 사람을 불러 함께 마시거나 혼자서 마시는 사람, 노부부가 점심으로 빵과 맥주를 먹는 풍경도 정겨웠다. 평화롭고 여유로운 모습이다. 예전의 어물전 시장을 보고 싶었으나 약속된 시간이 다가와 큰 교회만 보고 나왔다. 여행 중에는 음식 문화도 빼놓을 수 없는 체험이어서 점심엔 어떤 요리가 나올까 궁금했다. 예약한 식당에 도착하니 양상추, 오이, 방울토마토 등 야채 샐러드와 현지식 송아지 고기 요리 돈가스와 비슷한 쇠고기가 좀 퍽퍽했지만,

그런대로 먹을 만했다. 식당을 나와 독일에서 가장 아름답고 오래되었다는 아치형의 '칼 테오도르' 다리를 둘러본다.

네카어강이 한강보다 넓지 않았지만, 강가 주변에 높은 건물이 없어 아기자기한 주변이 멋진 풍경을 보여준다. 강을 낀 주위가 한 장의 그림엽서 같다. 이런 장면들이 오랜 세월 하이델베르크를 찾은 예술가들에게 지적 호기심과 영감을 주지 않았을까. 알토란 같은 작품이 탄생한 배경이 되지 않았을까. 그렇다면 나도 좋은 아이디어로 작품 하나쯤 만들어야 하지 않겠나. 시들했던 마음이 촉촉한 물기를 머금어 상상의 나래가 펼쳐진다. 대학의 도시, 괴테의 도시, 철학자들이 많이 다니던 곳으로 젊은 베르테르의 슬픔이 생각나는 도시에 내가 있음이 실감 나지 않는다.

지금까지 살아오면서 크고 작은 언덕을 지나 여기까지 오지 않았나. 내 삶의 언덕도 숲에 둘러싸인 하이델베르크 성처럼 한 계단 한 계단 견고하고 아름답게 가꾸고 싶다. 하이델베르크 언덕에서 독일 여행을 마무리한다.

[2018. 7. 30]

여백

'인강 위의 다리'라는 뜻을 가진 오스트리아 인스브루크는 매우 아름다운 도시이다. 로마 시대부터 알프스의 교통 요지로 두 번의 동계올림픽이 개최된 곳으로 관광산업이 가장 발달한 나라이기도 하다.

독일에서 자동차 전용 고속도로인 아우토반에 들어서자, 일행은 시차 때문인지 다들 잠 들었다. 두 시간쯤 달려갔을 때 가이드가 휴게소에 왔다고 알려준다. 유럽은 운전기사를 쉬게 하는 제도가 있어 운행하는 버스는 휴게소에서 무조건 20분은 쉬었다가 간다. 버스 운행 기록장치 때문에 그걸 지켜야 한다는 거다. 고속도로에서 쉼 없이 운행하는 우리나라도 이런 제도가 있었으면 좋지 않을까 싶다. 버스가 쉬는 사이 화장실로 향한다. 화장실은 돈을 내야 하는데 휴게소마다 다르다. 한국 돈으로 600원 1,000원 정도한다.

실지로 다녀본 결과 1유로에서 1.5유로까지 받는 곳도 있었다.
서울에서 지하철 탈 때 찍는 티켓처럼 화장실에 들어갈 수 있는
표가 나오는데 그걸 내고 들어간다. 동전을 미리 준비하라는 말
을 들었지만, 처음이라 눈치껏 남들 따라가니 이해할 수 있었다.
하지만 돈 안 내고 휴지까지 마련되어 있는 우리나라 공중화장실
생각이 굴뚝 같다. 버스에 앉아 있는 채로 국경을 넘으니 멀리 높
은 설산이 보인다. 좋은 풍광이 펼쳐질 것 같은 예감이 든다. 가
슴이 두근거린다. 한참을 달리다 보니 너른 평야에 사람은 보이지
않고 옥수수밭이 끝없이 펼쳐져 있다.

고속도로는 간혹 물류를 실어 나르는 큰 차들이 보일 뿐 그
리 바쁘지 않게 달린다. 뭐든지 빨리빨리 문화에 젖어 있는 우리
와 비교가 된다. 갈수록 알프스산맥의 눈 덮인 설산이 하얗다. 신

버스 타고 지나는 길 옥수수밭

기하다. 작고 특이한 마을이 휙휙 지나간다. 눈이 정화되는 느낌, 저 푸른 초원 위의 집들은 그림 같은데, 아무도 없다. 그때 누군가 "위령 도시 아니야"라고 한다. 햇볕이 강렬해서인가, 양 떼는 보이지 않고 젖소만 잔디에 누워 있다. 방목하는 소들이 기분 좋을 것 같다. 잠깐 눈을 붙였을까 말까 한데 음악의 나라 모차르트 고향인 오스트리아 인스브루크에 도착한다는 안내 방송에 눈이 번쩍 떠진다.

인스브루크는 자작나무가 많고 독일보다 특색있는 나라라고 알려준다. 중심지에 있는 마리아 테레지아 거리에 당도했다. 도시는 4, 5층 건물들이 파스텔톤으로 그린 그림 같다. 가끔 전차가 지나가고 자전거를 타고 가는 젊은이들도 눈에 띈다. 모두 천천히 지나간다. 인구가 많지 않은 도시라지만 세계 각국의 관광객이 북적인다. 오후라서 인지 사람들은 노천카페에 앉아 독일에서처럼 맥주를 마시고 한가로이 앉아 있다. 맥주 마시는 시간이 따로 있는 걸까. 이곳에서는 휴식, 편안함이라는 단어가 수시로 떠오른다.

바쁜 것이 없는 사람들 표정, 지금 유럽이 휴가 중이어서일까. 여가를 즐기는 사람들이 편안해 보인다. 인솔자가 가리키는 곳을 바라보니 내내 설명했던 3층 높이의 금색 지붕이 눈앞에 펼쳐져 있다. 커다란 집 한 채의 황금 지붕을 상상했으나 발코니 덮개인 작은 지붕 아닌가. 이걸 보려고 여기까지 달려왔나 싶었으나, 어느 도시이건 사람이 몰려드는 데는 그만한 이유가 있지 싶었다. 이

인스부르크 상징, 황금지붕

황금지붕 앞 거리

건물은 16세기 황제 막시밀리안 1세가 자신의 권력을 과시하기 위해 만든 것으로 인스브루크의 상징이 되었다. 동판으로 만든 지붕은 박물관으로 사용 중이다.

1층 난간에는 막시밀리안 아들, 2층에는 두 명의 아내와 함께 있는 막시밀리안, 왕실 축제 등을 묘사했다고 한다. 번쩍번쩍 빛나는 황금 지붕을 보려고 몰려온 관광객에게는 부강했던 한 나라의 단면을 보여주고 있다. 넓은 광장 주변의 카페에서 여유롭게 맥주를 마시는 사람들이 힐끔힐끔 우리를 쳐다본다. 일행은 그들의 여유로움을 부러워하며 발걸음을 옮긴다. 금색 지붕 아래 발코니에서 광장을 내려다보았다는 막시밀리안은 권력 강화를 위해 자신을 과시하며 얼마나 흐뭇해하였을까. 예나 지금이나 권력 앞에서는 어쩔 수 없는 모양이다.

유럽에 와서 느끼는 평화로움은 늘 동동거리는 나를 돌아보게 한다. 달리는 전차와 자동차에서 만나는 사람들 여유로움과 황금 지붕에서 '평화'라는 낱말이 떠오른다. 도화지 위에 그림 그릴 때는 꽉 채운 것보다는 여백이 있어야 편안하다. 이제부터라도 조금은 여유로운 모습으로 살아야 하지 않겠나 싶다.

[2018. 8.]

성 베드로 성당

작은 음악회

빈(Wien)은 오스트리아 수도다. 영어 명칭인 비엔나(Vienna)로도 알려져 있다. 빈소년합창단으로 유명한 나라 그 비엔나에 왔다. 건물이 깔끔하고 도시가 화려하다. 북적거리는 인파에 휩싸여 걸어가면서 시내를 관광한다. 우리나라 명동처럼 활기가 넘쳐난다. 빈을 상징하는 성 슈테판 대 성당은 높고 뾰족한데 웅장하고, 오후 햇살에 반짝반짝 빛이 난다. 높이 올려다보아야 그 끝을 볼 수 있다. 이곳이 모차르트의 화려한 결혼식과 초라한 장례식이 거행된 성당이라는 말에 그만큼 역사가 깊구나 싶었다. 남쪽 탑은 웅장한 고딕양식이라고 하는데, 건물에 압도당하는 느낌이다.

저녁 먹으러 식당을 찾아가다가 한글로 표기한 간판이 눈에 띄어 반가웠다. 성공한 사람들 가게라고 알려준다. 저녁에는 음악회를 보려고 오페라 극장으로 향한다. 우리를 인솔한 여행사에서 예약해 놓아 일행 모두 맨 앞자리에 앉는 횡재를 누렸다. 출연자의 숨소리까지 들릴 정도다. 백여 명 정도 앉을 수 있는 소극장이다. 음악회는 오중주로 콘트라베이스, 피아노, 바이올린, 비올라,

성 슈테판 성당

첼로 등의 악기로 공연을 이어간다. 중년의 악단이 음악에 심취해 멋진 하머니를 연출한다. 앞에서 바이올린을 커던 여인이 우리말로 "안녕하세요. 감사합니다."라는 인사를 건네 갈채를 받았다.

그만큼 우리나라 여행객이 많았다. 다음은 남녀 성악가가 나와 코믹한 연기와 노래로 청중을 사로잡는다. 장래가 쩌렁쩌렁 울려 퍼진다. 1부가 끝나고 2부가 시작되기 전 가이드는 우리 일행만 밖으로 불러내 칵테일을 건넨다. 음악회가 시작되기 전 어떤 음료를 마실 것인지 미리 알려달라고 하더니 이런 이벤트를 준비하려고 그랬구나 싶었다. 남을 기쁘게 하기 위해서는 자신의 희생이 따라야 한다는 것을 알려준 선행에 내심 흐뭇했다. 그는 이층으로 올라오는 계단에서 팀별로 서게 하더니 파트너와 둘이 잔을 부딪치며 축배를 건네게 한다. 그 찰나를 놓칠세라 일일이 사진으로 남겨주었다.

한 사람의 아이디어가 여러 사람을 즐겁게 하는 순간, 우리 부부도 연회장에 온 것처럼 칵테일과 오렌지주스를 부딪치며 잔을 높이 들었다. 갑자기 울컥한다. 지금까지 오십여 년 동반자로 살아오면서 가족을 위해 애써온 남편에게 고맙다는 생각이 든다. 서로가 말은 없었지만, 그나 나나 앞으로도 좋은 친구가 되기를 바라는 마음도 있지 않았을까. 음악은 서로의 마음을 흥건히 적시고도 남지 않던가. 2부 시작은 더 재미있었다. 말이 통하지 않아도 그들의 몸짓과 눈빛에서 무얼 원하는지 알 수 있었고, 관객은 그걸 알아차리고 손뼉 치며 리듬을 타고 함께 노래 불렀다. 마

음속에 오래 간직한 꿈을 뒤늦게 실현하는 시니어 같다고 해야
할까. 내 속에 이런 열정이 살아있다니, 겸연쩍기도 했다. 축배의
노래가 나올 때는 소프라노를 부르는 여인이 우리를 이끌었다.

끝부분에 "랄라, 랄랄라 랄랄라 라라 랄라 라라아아 랄라~"를
관객이 부르게 유도하였다. 열띤 강의를 하는 교수처럼 웃으며 노
래하는 그의 눈빛이 살아있다. 객석은 함께 리듬을 타며 신이 났
다. 한국인과 외국인이 뒤섞인 관람석에서 똑같이 축배의 노래 끝
부분 '랄라, 랄랄라 랄라라 라라 랄라 라라'가 장래에 우렁차게
울려퍼졌다. 마지막 곡으로 라데츠키 행진곡이 이어진다, 첫 리듬
이 흐르자, 장래는 환희의 목소리가 터져 나온다. 사람이 기쁨에
가득 차 있을 때 내는 목소리다. 언제인가 잠실 롯데콘서트홀 음
악회에 갔었다. 그날 지휘자는 음악에 대한 여러 가지 상식을 알

실내 연주회가 열리는 건물

려주었다. 마지막 곡으로 요한 슈트라우스의 라데츠키 행진곡에 대한 설명을 해주고 나서 연주를 이어갔다.

무려 50여 명이 넘는 악단 연주는 우렁찼고, 역시 관중을 사로잡았다. 그때 남편도 함께 관람했으니 손뼉 치고 발 구르며 노래했던 기억이 날 것이다. 이 노래는 요한 슈트라우스 1세가 작곡하여 오스트리아의 영웅 요제프 라데츠키 장군에게 헌정한 곡이라고 한다. 오스트리아 빈에서 이 행진곡을 직접 들이니 감회가 새롭다. 작은 음악회 안에 있으니 오스트리아 빈에 잘 어울리는 곡이겠구나 싶어 열심히 손뼉 쳐 주었다. 밖으로 나온 일행의 얼굴에 환한 꽃이 피었다. 흐뭇한 목소리로 음악회 안 왔으면 어쩔뻔했냐며 다들 즐거워한다. 살아가면서 이런 행사에 자주 참석하면 좋으련만 그러지 못하고 살았다. 음악은 그 속에 어울림의 미덕이 숨어있다. 들으면 차분해지고 편안한 음악, 공연히 신나서 어깨춤이 절로 나고, 때론 감정에 복받쳐 눈물짓지 않던가. 눈에 보이지는 않지만 그걸 느낄 줄 아는 사람이 더 즐거워하지 않던가. 누구라도 표용하고 싶은 마음이 일렁이지 않던가.

'아는 만큼 보인다.'라는 말이 있듯 관심과 노력을 기울이는 사람에게 더 많은 것이 보이는 것은 아닐까. 라데츠키 행진곡을 들으면 누구라도 신이 난다. 손짓, 발짓, 몸짓이 저절로 나와 기쁨, 사랑, 위안을 얻는다. 오스트리아 빈에서 작은 음악회를 보고 나온 그 저녁, 입이 귀에 걸렸다. 오래 기억될 빛나는 시간이었다.

[2025. 6.]

미라벨 정원

유니콘. 길게 뻗은
뿔이 인상적이다

도레미송 연가
– 미라벨 정원

오스트리아의 미라벨 정원은 잘츠부르크 신시가지 '미라벨 궁전' 앞에 펼쳐져 있다. 뮤지컬 영화 〈사운드 오브 뮤직〉의 촬영지로도 유명하다.

이른 아침이어서인지 미라벨 정원은 한적하다. 그 현장에서 와서 영화를 상상하니 알프스와 오스트리아의 멋진 풍광이 눈앞에 다시 펼쳐진다. 주인공 마리아가 아이들과 뛰어나와 함께 손잡고 부르던 도레미송이 들려오는 듯하다. 가슴 벅찬 감정에 남편과 연애할 때 대한극장에서 이 영화를 보았던 기억이 새롭다. 그때 뛰던 심장은 식었어도 마리아가 아이들과 함께 펼치던 깜찍한 연기는 눈에 선하다. 예비 신혼부부인 듯한 젊은이들이 웨딩 촬영을 한다. 우리도 저런 때가 있었는데 까마득하다.

정원에는 그리스 신화의 영웅을 조각한 대리석상이 곳곳에 장식되어 있다. 입구 옆에 있는 석상이 소일까, 말일까 긴가민가한데, 유니콘이라고 한다. 길게 뻗은 코가 인상적이다. 그 자리에 앉아 기념사진을 찍었다.

미라벨 정원

　우리는 나지막하게 흘러나오는 사운드오브뮤직의 배경 음악을 들으며 넓은 뜰을 거닐었다. 잔디밭은 각양각색의 꽃으로 장식해 놓았다. 하트모양, S자 모양으로 길게 뻗은 것 등 예술적인 감각을 느끼게 할 정도로 세련미가 있다. 중앙에는 8각형의 분수대가 물을 뿜고 있었는데 몹시 더운 날이라 그런지 시원한 감을 준다.

　그늘진 곳에서 삼십여 명 될 듯한 어린이 합창단을 만나 반가웠다. 사람들은 가던 길을 멈추고 모여서 노랫소리에 귀 기울인다. 밝고 맑은 모습에 그 나라의 미래를 책임질 기둥이라는 생각이 든다. 기대하지 않았던 장면을 보게 되니 공연히 마음 들뜬다.

　'디카하시 아유무'는 "소중한 것을 깨닫는 장소는 컴퓨터가 아니라 파란 하늘 아래였다."고 한다. 여행을 견주어 한 말인 것 같다. 나도 요즘 파란 하늘을 보고 자연을 만나면 덩달아 기분 좋아진다.

　미라벨 정원에서 사운드오브뮤직 음악을 듣고 어린이합창단을 만날 줄은 몰랐다. 배경 음악을 들으며 그곳에서의 일정은 끝났지만, 정원의 풍경은 여행일지에 고스란히 기록되었다. 여행은 새로운 추억이나 지식, 한 계단 성장한 나를 돌아보는 시간이다. 많은 곳을 다니며 보는 만큼 몸도 마음의 평수도 늘어났으면 하는 바람이다.

[2025. 6.]

예술의 묘미
- 몽마르트르 언덕에서

여행은 끊임없이 도전하는 모험이다. 낯선 곳 낯선 환경을 접하면서 기대 반 설렘 반으로 출발한다. 새로움을 배우고 익히며 그 안에 또 다른 나를 발견하고 예술과 마주치기도 한다.

이번에는 몽마르트르 언덕으로 향한다. 예술의 도시로 알려진 몽마르트르는 어떤 모습일까, 궁금했다. 골목 어귀에 들어서자, 버스에서 쏟아져 나온 각국의 여행객이 골목에 꽉 찰 정도로 붐빈다. 상가에 진열된 상품은 인사동에 와 있는 듯한 착각이 든다. 지나다 보니 커다란 칠판에 낙서 비슷한 글이 꽉 차 있다. '사랑해 벽'이란다. 각 나라 언어로 '사랑해'라는 말이 씌어 있다. '사랑해, 나너 사랑해'라는 한글도 보여 반가웠다. 우리나라 남산이나 중국 장가계에 갔을 때 무더기로 자물쇠를 채워놓은 진풍경을 보았는데 여기서는 사랑해 벽이라니 세계 각국의 글씨가 시선을 끈다.

사랑하는 연인 사이라면 자신들의 이야기를 남겨놓고 가겠구나 싶었다. 그래서인지 그 앞에는 젊은이들 몇몇이 서성거린다. 어느 도시이건 돌아서면 생각나게 하는 상징물이 있는데 몽마르트르로 향하는 길목에 이런 칠판도 그런 연유가 아닐까. 말로만 듣던 몽마르트르 언덕으로 향하다니 감개무량하다. 언덕에 오르자 돔 형식의 사크레쾨르 회색 성당이 눈에 들어온다. 멀리 있어서인지 이슬람 사원을 닮은 것 같다. 잔디 광장 양옆에 계단으로 연결되어 있어 오르면서도 숨이 차다. 그리 높지는 않았으나 파리에서 가장 높은 언덕이라 시내를 조망할 수 있다니 자못 기대된다.

계단을 올라 파리 시내를 내려다본다. 우리나라와 달리 그리 높지 않은 건물들이 키 재기 하듯 오밀조밀하다. 날씨가 좋아 파리 시내가 한눈에 들어온다. 높은 건물을 지을 수 없는 규제로 그렇다고 누군가가 알려준다. 우리나라와 비교된다. 사크레쾨르 성당 왼쪽으로 돌아가니 카페가 즐비하다. 아기자기한 거리에 세계 각국의 여행객은 카페 앞 의자에 앉아 차를 마시거나 담소를 즐기고 있다. 날씨가 더워 우리는 오렌지 음료에 얼음 주스를 받아 들고 어린애처럼 서서 먹었다.

"맛있는 거 많이 사드시고 좋은 경험 많이 하고 오세요." 하던 작은아들 음성이 마시는 내내 들린다. 옆으로 돌아가니 그림 그리는 화가들이 이젤을 펼쳐놓고 사각의 넓은 공원에 그득하다. 낭만과 예술의 거리, 마치 서울 대학로의 마로니에 공원 같았지만, 그림 그리는 화가들이 많아 예술적인 느낌은 한층 더하다. 많은 예술가가 작품에 최선을 다하는 모습, 정성이 느껴진다. 글 한 편 마무리할 때도 얼마나 심혈을 기울이는가. 이 거리에 들어와 있으니 나도 예술가가 된 기분이다. 마치 영화를 찍는 장면 속에 내가

사크레쾨르 대성당

몽마르트르 언덕에서 바라본 파리 시내

들어와 있는 듯한 착각이 든다. 가이드에게 듣기를, 앉아서 그림 그리는 사람은 이름 있는 화가이고, 서서 그리는 사람은 무명 화가라고 한다.

앉아서 그리는 사람과 서서 그리는 화가의 그림 솜씨를 구별할 수는 없지만, 화풍이 다르고 모두 그림에 열정을 쏟고 있다. 감동적인 명작 뒤에는 창작자의 끊이지 않는 노력이 숨어있다는 사실을 알려주기라도 하듯, 작품에 몰두하고 있다. 가난한 예술가의 거리답게 그림 그려주는 화가들 머리 모양새가 길게 늘어트리거나 하나로 질끈 묶여 있다. 찢어진 청바지를 입은 모양새가 예사롭지 않다. 눈매, 옷차림이 서양 예술 그 자체였다. 그림값을 흥정하는 사람도 있었고, 초상화 모델이 되려 그 앞에서 줄을 서 차례를 기다리는 사람도 많았다.

언제인가 남이섬에 갔을 때 우리 부부의 얼굴을 그려달라고 캐리커처 앞에 줄을 서 기다리던 날이 오버랩된다. 그날이 내 생일이었는데 남편이 순한 양처럼 내가 하자는 대로 따라주어 잠시나마 카페에 들어가 생음악을 들으며 후원금을 내기도 했었다. 지금 생각하니 그때만 해도 젊었구나 싶다. 시간이 허락된다면 특별한 형식으로 미를 창조하는 사람들과 어울려 초상화를 남기고 싶었는데, 약속한 시각이 다가와 아쉽지만 돌아섰다. 몽마르트르는 자유분방함을 즐기는 예술가들의 아지트로도 유명하다.

예술가의 거리를 한 바퀴 돌아 성당에 들어가기 위해 줄을 섰다. 관리인이 가방 검사까지 해서 열어 보여주었더니 웃으며 땡큐,

한다. 엄숙한 분위기의 내부는 천정과 벽면이 그리스도를 상징하는 모자이크로 장식했다. 이색적인 작은 조각들이 반짝거린다. 촛불을 켜는 사람, 무릎 꿇고 기도하는 여인, 미사 시간이 아닌데도 예를 올리는 이들이 정성을 다한다. 나도 기도하는 여인을 방해하지 않으려고 조용조용 발뒤꿈치를 들고 관람했다.

잠시 머문 듯 더디게 흘러가는 시간 속에 있으니, 무언가 간절함을 원하는 듯 기도하는 사람 모습에 저절로 두 손 모은다. 성당을 나오니 잔디밭 언덕에 앉아 이야기 나누는 연인들이 정답다. 나도 저런 풋풋했던 때가 언제였을까, 몽마르트르 언덕을 내려오며 예술은 무엇일까. 다양한 시각으로 세상을 관조하고 독창적인 것을 추구하는 것이 예술이라면 내 글은 과연 열정과 미학적인 가치를 지녔다고 할 수 있을까. 가슴 뭉클한 그 무언가가 내 안에 흘러내린다. 인생에 되감기 버튼이 없듯, 이제부터라도 보고, 듣고, 느낀 것을 창조적인 예술세계에 접목해야 하리라.

"인생은 짧고 예술은 길다"라는 글의 의미를 프랑스 파리 몽마르트르 언덕에 와서 새삼 느낀다. 색다른 도시의 한 장면을 필름에 저장하고 돌아선다. 보고 싶을 때 꺼내볼 수 있는 그림으로 내 안에 걸어둘 요량이다.

[2018. 8.]

달팽이 요리로 추억 한 줌

음식은 매우 중요한 역할을 한다. 그 나라를 알리는 문화적인 요소도 있고, 자신의 건강을 책임지는 순기능 역할도 한다. 매일 먹어야 하는 음식이 입에 맞지 않으면 힘들어진다. 잘 먹어야 여행도 즐겁지 않은가. 우리는 여행할 때 입에 맞지 않는 반찬이 나올까 봐 고추장이나 멸치볶음, 김을 싸가기도 하지만, 그 나라 요리를 먹어보는 것도 좋은 경험이지 않을까.

떼제베 고속열차를 타고 파리 벨포트(Belfort)역으로 가는 중이다. 기차는 평일이라 그런지 비어 있는 자리가 많다. 열차 번호가 엉망으로 붙어있어 다들 우리나라와 비교된다며 깜짝 놀란다. 같은 칸에 똑같은 번호가 둘씩 셋씩 있어 혼돈하기 십상이다. 노조가 파업 중이어서 급하게 칸을 단 것 같다고 가이드가 애써 알려준다. 일행은 같은 민족이라는 이유만으로도 여행하는 내내 정답게 지낸다. "밥 한 끼 같이 먹으면 정든다"라는 말이 있듯 함께하는 시간이 많다 보니 가족 같은 분위기다. 과자나 껌 하나라도 나눠 먹고 웃으며 소통한다.

개선문

개선문의 조각

개선문 아래: 제1차 세계대전의 무명용사들을 추모하는 불꽃 제단

열차가 3시간 40분 소요된다니 일찌감치 부족한 잠을 보충할까 싶었는데, 잠자는 시간이 아까워 현장 분위기와 느낌을 메모하고 있다. 마주 보고 가는 일행과 간간이 이야기 나누며 창밖 풍경에 시선을 두고 있다. 기차 좌석 번호 때문에 헷갈리고 실망했는데, 가운데 접이식 식탁이 있어 색다른 느낌이 든다. 책을 읽거나 음료나 간식 먹을 때 펼쳐놓을 수 있어 좋겠고, 그 아래 뚜껑 있는 쓰레기통까지 준비되어 있어 편리할 것 같다. 의자 간격도 넓어서 편안하다. 등받이 옆에 전등불이 있어 야간에도 혼자만의 불을 켜면 책을 읽을 수 있어 좋겠다. 나와 반대편에 앉아 있는 중년 여인은 차분한 이미지로 책을 읽는다.

우리나라 아이들이 좋아라 떠들어도 아랑곳하지 않고 읽는 데만 집중하고 있다. 학교 선생님일까. 작가일까. 조금도 개의치 않아 외려 내가 미안하고 조심스럽다. 벨포트 역에 내려 다시 버스로 갈아타고 샹젤리제 거리에서 하차, 지하도를 건너 개선문에 당도했다. 로터리에 있는 개선문 실체를 보자 나는 작은 개미에 불과하다는 것을 알았다. 개선문은 내가 알고 있었던 것보다는 정말 크고 웅장했다. 나폴레옹이 전쟁의 승리를 축하하기 위해 만들기 시작했다지만, 러시아 전쟁에서 첫 번째 패배로 완성하지 못했다고 한다. 살아서 통과하지 못하고 사후에야 개선문 아래로 지나갔다니 나폴레옹도 회한이 서려 있지 않을까.

점심에는 달팽이 요리 '에스카르고'가 나왔다. 일정표를 받을 때 이 요리가 나온다는 것을 미리 알고 있었으나 어쩔 수 없었다. 서

유럽에 와서 지금까지는 그런대로 음식이 먹을 만했다. 아침마다 빵을 먹어야 하는 것도 스파게티를 먹고 햄버거를 먹는 것도 괜찮았는데, 미끌미끌 미끄러지는 달팽이 요리는 어쩐지 내키지 않았다. 전 세계에 10만 종이 살고 있다는 연체동물, 달팽이가 아무리 고급 요리라 해도 내 입에 맞아야 먹는 것 아닌가, 한편 색다른 음식을 먹어보는 것도 그 나라 문화를 맛보는 것이 아닐까 싶어서 기시감이 들었으나 마음을 고쳐 먹었다.

버터, 파슬리, 마늘로 요리했다는 달팽이 여섯 놈이 나를 쳐다보고 있다. 나로 인해 어쩔 수 없는 삶을 마감해야 하는 시간이다. 눈치를 보다가 옆에서 젓가락으로 빼먹기에 따라서 했다. 속이 느끼해서 뱉어내야 하는 상황이 오면 어쩌나 했는데, 첫맛이 우리나라 골뱅이나 우렁이 맛에서 약간 변형된 맛이라고 해야 할까. 그런대로 먹을 만했다. 어떤 분은 "이거 예기치 않은 행운을 잡은 것 같네"라고 하셔서 먹다 말고 다들 웃었다.

내게 선입견이 있던 음식이 누군가에게는 맛있다는 얘기 아닌가. 여행하면서는 그 나라 음식이 입에 맞지 않아도 선물로 여기고 맛있게 먹어야겠구나 싶었다. 작가 '앤드류 매튜스'는 여행은 "목적지에 닿아야 행복해지는 것이 아니라 여행하는 과정에서 행복을 느낀다."라고 했다. 음식도 그런 것 같다. 고정적인 관념을 버리고 그 나라 음식을 먹어보는 것도 색다른 경험이고 행복이지 않을까.

많이 보고 느끼고 생각한 것들을 알아갈 때 작은 기쁨이 일듯, 음식 문화도 결국은 사람이 먹는 것이니 체험해 봐야 기억에 남을 것 같다. 미식의 나라 프랑스에서 기차를 타고 낯선 곳을 다니면서 아름다운 풍광에 흐뭇했다. 내가 꺼렸던 달팽이 요리도 소중한 경험으로 남아 잊지 못할 추억 한 줌을 만들어 주었다.

새로운 맛 속에도 작은 행복이 숨어있었다는 것을 알게 해준 달팽이 요리를 오달지게 먹었다.

[2018. 8.]

센 강에 별빛은 흐르고

에펠탑은 프랑스 파리를 대표하는 렌드마크로 프랑스를 대표하는 상징물이다. 저녁때쯤 100여 명이 탈 수 있는 엘리베이터를 타고 에펠탑 2층 전망대에 오른다. 남산 타워에 올라 서울 시내를 내려다보듯 사방을 돌면서 센 강 주변의 시가지를 내려다본다. 에펠탑 안에는 상점, 화장실 등이 있어 밖에서 볼 때와 달리 굉장히 넓었다. 그 안에서 요리조리 오르락내리락하다 보니 시계 속을 걸어 다니는 요정 같은 기분이 든다.

탑에서 내려와 센강 강가에서 유람선을 탔다. 한 번에 400여 명이 탈 수 있다는데 자리에 앉으니, 빈자리가 하나도 없다. 낮에 시내를 돌아볼 때 에펠탑과 센 강을 자주 마주쳤을 때는 겉모습만 보았는데, 배를 타고 안에서 보니 강폭이 그리 넓지 않다. 센 강에는 다리가 30여 개 있다고 한다. 다리 밑을 지날 때마다 유람선에 앉은 사람들이 "우, 우" 큰소리를 내며 탄성을 지른다. 머리가 다리에 닿을까 봐 머리를 숙이고 지나가면 들떠있는 각 나라 언어가 쏟아지며 뒤엉킨다. 사람들은 즐거워 기분 좋은 어린아이처럼 큰소리로 웃는다. 센 강에 있으니 가난한 시인과 화가의 애달픈 사랑 이야기가 담긴 '미라보 다리 아래 센 강은 흐르고'라는 시구가 어렴풋하다.

미라보 다리 아래 센 강은 흐르고/ 우리의 사랑도 흘러내린다/ 내 마음 깊이 아로새기리/ 기쁨은 언제나 고통 뒤에 이어 온다는 것을/ 밤이여 오라/ 종이여 울려라/ 세월은 가고 나는 남는다

이 시를 읽고 센 강이 얼마나 크고 아름다울까, 상상에 젖곤 했었다. 직접 와서 보니 서울의 한강만큼 크지도 넓지도 않다. 흐르는 강물과 다리의 역사, 주변 풍광에 시인의 마음이 헤아려진다. 예전에는 알 듯 모를 듯한 문학의 세계를 동경하면서 시를 찾아 읽거니 소설 속에 빠지기도 했으니, 지금의 내가 있게 한 원동력이 아니었을까. 유람선에 앉아 에펠탑, 루브르박물관, 오르세미술관, 퐁네프다리, 알렉산더 3세 다리, 노트르담 성당 등 주요 명소들을 한꺼 번에 볼 수 있어 파리의 낭만에 젖어 든다.

강을 한 바퀴 돌아오는데 갑자기 우레와 같은 탄성과 함께 배 안이 슬렁거린다. "우와~ 오우~" 각 나라 언어가 별빛처럼 쏟아지며 조금 전과는 차원이 다른 소프라노로 아우성친다. 어망에 잡힌 물고기가 요동치듯 사람들이 유람선 위에서 펄떡인다. "저것 좀 봐, 우와~" 몸을 일으켰다가 앉으며 목청껏 소리 지르는 한국 사람도 많다. 그 시간 어스름하던 에펠탑에 불이 번쩍번쩍 켜져서

에펠탑 낮과 밤 풍경

그 난리가 난 것이다. 수만 개의 별이 꿈틀거리며 조명 쇼를 하듯 반짝거린다.

"저녁 9시 5분에 에펠탑을 보셔야 합니다. 9시 5분 잊지 마세요." 그제야 유람선을 타기 전 가이드의 말이 떠오른다. 곧이어 기다렸다는 듯이 어둠이 내리기 시작한다. 파리 야경이 세계적인 명소가 된 이유를 에펠탑 조명을 보니 알 수 있었다. 그 시간 센강에 있다는 자체가 실감 나지 않는다. 주춤주춤 발길이 떨어지지 않는다.

아쉬움을 뒤로한 채 다시 에펠탑이 잘 보이는 곳으로 이동하였다. 그때까지도 어둠 속에서 홀로 빛나는 에펠탑 불빛이 반짝거렸다. 가까이 있을 때보다 멀리서 바라보니 더 멋있다. 에펠탑을 손으로 들어올리기도 하고 하트도 만들며 사진 찍는다. 친구가 되고 어린애가 된 사람들이 거기서도 아우성으로 감동을 주는 장면을 연출한다. 잊을 수 없는 황홀한 밤이다. 건강하여 걸을 수 있음에 오달지다.

가는 곳마다 낯선 새로움이 벅찬 감동으로 다가와 내면이 조금은 부자가 된 느낌이다. 센 강에 별빛으로 흐르는 에펠탑을 바라보며 오붓했던 시간, 살아있는 동안 잊히지 않을 것 같다. 저녁 10시까지의 긴 여정, 기분 좋은 피로감이 몰려든다. 반짝반짝 빛나는 파리 야경을 뒤로하고 전용 버스에 오른다.

일행이 이구동성으로 감동의 순간을 표현한다. 여행은 사람을 겸손하게 만든다. 모르는 사람과도 쉽게 가까워지고 인사를 건넨

다. 서로 배려하는 마음이 크다. 특히 일행이 된 사람들과의 인연
에 감사하며 좋은 관계를 유지하려 애쓴다.

에펠탑 야경, 아직도 내 가슴을 훤히 비추고 있다.

[2018. 8.]

에펠탑 전망대에 올라 세느강 주변

화려함의 극치
– 베르사유 궁전 거울의 방

　거울은 있는 그대로의 모습을 비춰준다. 기분 좋은 날은 인상이 좋고 언짢은 날은 굳어있는 표정이 보인다. 아침에 일어나면 먼저 보는 게 거울이다. 거울은 여자들이 좋아하는 물건이다. 하루에도 여러 번 거울을 보며 화장하거나 옷매무새를 고친다. 누구에게나 없어서는 안 될 귀중한 물건이 거울이지 싶다. 그 거울로 여러 장식을 한 베르사유 궁전으로 향한다.

　베르사유 궁전은 루이 14세가 만든 화려한 궁전으로 사치스러움의 대명사가 되었다. 그 시대 귀족들이 모여 날마다 연회를 열었다고 하니 어떤 방인지 궁금해 진다. 여름 휴가철이어서인지 궁전 광장에 수많은 인파가 몰려 있어 ㄹ자 줄에 서서 한참 동안 기다린다. 우리 순서가 되려면 두 시간은 족히 기다려야 들어갈 것 같단다. 우리는 땡볕에 있다가 가이드의 배려로 그늘에서 한참 쉬었다가 합류했다. 날은 뜨겁고 지쳐 있었으나 프랑스 왕궁을 관람한다는 기대감에 아무렇지 않았다. 그 와중에 미안한 기색 없이 내 앞에서 새치기하는 외국인이 있어 가이드가 혼쭐을 낸다.

베르사유 궁전 광장

웃는 얼굴이 편안해서 나는 그냥 눈감아 주었다.

궁전 안은 천정의 벽화가 어마어마하다. 예수의 부활과 재림을 알리는 성서를 모티브로 한 그림들이 빼곡하다. 뭐라 표현할 수 없는 화려하고 웅장함 속에 시선을 빼앗긴 나는 이리 밀리고 저리 밀리는 인파 속에 물결처럼 흘러 다닌다. 이동하는 사람들 틈에 있으니 가슴 벅차고 감개무량하다. 이런 경험은 처음이어서 잘못하다가 넘어지면 다칠 수도 있겠다 싶어 바짝 긴장하고 다닌다. 거울의 방에 들어서, 입이 다물어지지 않는다. 끝없이 이어진 거울과 샹들리에로 장식한 화려함이 극치에 달했다. 각종 거울에 내 모습이 있는 그대로 비친다.

여행 모자에 가방을 앞으로 둘러멘 여인이 언제 이렇게 나이 들었나 낯선 얼굴이 내가 맞나 싶었다. 집에서 거울 보고 옷매무새 고칠 때는 아직은 그래도 괜찮다 싶었는데, 거울의 방 거울에 비친 내 모습은 전혀 딴 사람이다. 잠시 서글픈 생각이 든다. 열심히 살았으니 이만하면 괜찮지 않은가 싶기도 하다. 베르사유 궁전에는 방이 여럿 있다. 헤라클레스의 방, 풍요의 방, 비너스의 방, 디아나의 방, 전쟁의 방, 평화의 방, 귀족의 방, 대관식의 방 등등 왕의 침실도 있고 왕비의 침실도 있다. 방마다 특색있게 꾸며놓았다. 그 시대 사람의 마음을 움직이는 거울로 방을 만들어놓고 전 세계 여행객을 불러 모으는 아이디어가 놀랍지 않은가. 우리는 이런 것도 있다고 절대 왕정의 힘을 보여주는 것 아닌가.

우리나라는 거울에 대해 좋지 않은 속담이 많다. 부부가 이혼

하거나 연인이 헤어지는 것을 파경이라고 한다. 거울이 깨졌다는 말이다. 깨진 거울을 보면 재수가 없다. 거울을 깨뜨리면 집안이 화를 당한다. 깨진 거울을 보면 얼굴에 흠이 생긴다. 정월 초하루 아침에 거울을 깨뜨리면 일 년 내내 우환이 떠나지 않는다, 등등 이와 같은 속담은 거울이 불행을 상징하고 있음을 말하고 있다. 옛날에 한 도승이 하룻밤 재워준 대가로 가난하나 정절을 지키고 살아가는 과부에게 거울을 하나 주었다. 과부가 꼭 필요한 것을 생각하며 거울을 들여다보면, 생각하던 물건이 거울에서 나와 과부는 부자가 되었다.

이웃의 마음씨 나쁜 과부가 그 도승을 기다리며 하룻밤 재워

주고 역시 거울 하나를 얻었다. 그 과부는 욕심부리다가 거울에서 나온 사람에게 죽임을 당했다. 거울이 마음속까지 비춘다는 생각에서 생겼을 것으로 추정하는 민담이다. 거울의 방은 궁전에서 가장 유명한 곳으로 프랑스 절대 왕정의 상징과도 같은 곳이다. 수많은 조각 거울과 크리스털 샹들리에, 황금 촛대, 촛불, 화병 등으로 꾸며져 있다. 루이 14세가 프랑스의 정치, 경제, 예술적 우위를 세계에 알리기 위해 만든 방으로

1919년 베르사유 조약이 체결되어 제2차 세계대전이 종결된 장소로도 유명하다.

그 거울의 방에 내가 있다. 여기서는 열일곱 개의 열려있는 창문마다 창밖을 내다보고 사진 찍으라 했던가. 창문에서 밖을 내다보니 저 아래 펼쳐진 정원이 거울에 비친 멋진 그림 같다. 잘 다듬어진 나무와 잔디가 예술 작품이다. 그래서 가이드가 밖을 내다보라고 했구나 싶었다. 궁전 천장에는 루이 14세의 생애를 그린 대 벽화가 있다. 사람들은 그 천장화를 보기 위해 머리를 뒤로 젖히고 감탄사를 연발한다. 갖가지가 화려한 작품들이 크리스털로 장식되어 반짝반짝 빛난다.

나의 삶도 이렇게 반짝이던 시절이 언제였을까. 화려하게 치장한 거울이나 일반 거울이나 똑같이 있는 그대로의 모습이 비치듯 내 삶도 낮에는 해에, 밤에는 달에, 평상시에는 마음에 모든 것이 비친다고 생각하니 좀 더 겸손해야겠구나 싶다. 그만큼 투명한 삶을 살아갈 때 잘 살았다는 생각이 들지 않을까. 거울의 방 멋진 방이다.

[2018. 8.]

물 위에 떠 있는 도시, 베네치아

10박 12일의 서유럽 여행은 일상에서 느껴보지 못했던 새날을 선물 받은 기분이었다. 먹고 관광하고 잠자고 나면 새로운 일정이 기다리고 있어 설렘이 반복되었다. 덩달아 몸과 마음이 호사를 누린다.

독일, 오스트리아에 이어 르네상스가 시작된 이탈리아로 향한다. 르네상스는 재생의 의미로 중세부터 근대로의 이행기라는 시대적 의미를 내포하고 있다. 세계의 역사 시간에 교수는 이탈리아를 장화 신은 나라로 소개했다. 이탈리아 지도가 장화처럼 생겨서 쉽게 알려주려는 의도였다. 가죽의 나라, 가면 축제의 나라, 유리 공예로도 알려진 이탈리아에 도착해 한국인 가이드를 만났다. 그는 성악 전공하러 이탈리아에 왔다가 이탈리아 매력에 빠져서 가이드가 된 전문가라고 자신을 소개한다. 루치아노 파바로티가 고음을 너무 쉽게 내는 바람에 자신이 무너졌다며 코미디언 이상으로 웃긴다.

영어로 베니스(Venice)라고 하는 베네치아는 석호(潟湖) 위에 건설된 도시로 베네치아에 와서 베니스를 찾는 사람이 많다며 웃는다. 물의 도시로 세상에서 가장 아름답다는 베네치아는 볼수록 아름답고 신기했다. 운하들로 채워져 있고, 여의도 면적의 2, 5배로 118개의 섬과 400여 개의 다리로 연결되어 있다, 섬과 섬 사이의 수로가 중요한 교통 통로이고 섬 전체가 건축박물관이 되어 독특한 시가지를 이루고 있다. 이 도시는 원래 개펄인 모래땅에 말뚝 박고 집을 지어서 한 땀 한 땀 장인 정신이 깃들어 있다고 한다.

골목골목이 유네스코 유산이고 좁은 골목이 많아서 잘못하다가는 길을 잃을 수도 있다고 단단히 주의를 준다. 좁은 길은 사람들 물결로 출렁거린다. 밀려갔다가 밀려 나오고 어느 곳에서는 인파에 막혀 기다리다가 발길을 옮겨야 했다. 북적이는 미로 같은 길에 작은 상점들은 아기자기한 기념품을 진열해 놓고 손님을 기다리고 있다. '탄식의 다리'는 작은 운하를 사이에 두고 두칼레 궁전과 감옥을 이어주는 다리였다고 한다. 카사노바가 갇혔던 감옥의 죄수들이 이 다리를 건너가면 다시는 돌아올 수 없게 되자 한숨을 길게 쉬게 되어 탄식의 다리라는 이름이 붙여졌다고 한다.

어느 나리이건 그에 걸맞은 도로나 지명이 그냥 생긴 것이 아님을 다시 새겨듣게 된다. 골목 투어가 끝나고 곤돌라를 타고 대운하를 한 바퀴 도는 일정이 있었다. 일종의 유람선이었는데 그곳에서 고대 배 모양을 본떠 만든 곤돌라를 탑승한다. 이탈리아어로 '흔들리다'라는 뜻을 지녔다고 한다. 이날은 기온이 40도로 펄펄

베네치아 운하에서바라본 도시 전경

유람선에서 바라본 도시

끓는 가마솥 더위에 가만있어도 땀이 줄줄 흐르는 날씨였다. 곤 돌라를 타고 운하를 도는 내내 붕 뜬 기분이었다. 멀리 보이는 건 물과 도시 전체가 섬처럼 물 위에 떠 있다. 유람선에 앉아 관광을 즐기던 사람들은 이 광경이 신기해서 자리에서 일어나 사진 찍기 에 분주하다.

이번에는 반달 모양의 쪽배가 작은 운하를 따라 골목의 수로를 누비고 다닌다. 작열하는 태양은 네댓 사람이 탄 배 안에 인정사 정없이 쏟아져 내린다. 성냥을 그어대면 금방 불이 붙을 것만 같 은 불볕더위다. 가끔은 사공이 노래를 불러준다는데 그날은 잠잠 했다. 다만 우리 일행과 가이드가 탄 배에서는 우렁찬 '오 솔레미 오'가 수신기를 타고 내 귀에 흘러든다. 나보다 뒤에 오는 수상택 시에서 부르는 그의 노래를 들으니 전율이 흐른다. 이탈리아에 올 때 '오 솔레미오' 악보를 전해준 인솔자 덕에 버스 안에서 이 노래 를 연습했는데 이런 시간이 있음을 예고한 것이었나 싶었다. 산타 루치아를 부를 때는 여기저기 한국 사람들이 목청껏 따라 불렀 다.

마치 월드컵에서 우리나라 축구를 응원하듯 다들 목소리를 높 여 한국의 소리를 낸다. 운하를 도는 내내 일행의 단결력과 모국 어에 대한 자긍심이 강하게 느껴진다. 노 젓는 사공 할아버지도 휘파람을 불며 알아들을 수 없는 말로 함께 즐거워한다. 조금 전 육로로 걸었던 골목길을 이번엔 수로를 통해 수상택시로 돌고 있 으니 감개무량하다. 골목길을 걸을 때 쪽배를 타고 가는 사람들

을 사진 찍었는데, 이번에는 반대로 골목을 지나는 사람들이 쪽
배 탄 우리를 사진 찍고 있어 손 흔들어 주었다. 이것이 베네치아
여행의 하이라이트라니 따끔따끔한 햇볕도 고맙고, 땀방울 뚝뚝
흘리고 다녀도 아무렇지 않았다.

　여행은 예상치 못한 즐거움을 선물 받고 또 다른 무언가를 생
각하게 한다. 베네치아가 그랬다. 이글거리는 태양 아래 코미디언
이상으로 웃기는 인솔자와 쪽배를 운전한 사공 할아버지, 물 위
에 떠 있는 도시는 내게 새로움을 안겨준 잊지 못할 선물이었다.

[2018. 8.]

김자인
짧은 여행, 긴 여운

수상택시

쉼표 하나

좁은 골목을 지나자 갑자기 커다란 건물이 나타난다. 두칼레 궁전, 산마르코 대성당, 산마르코 종탑, 산마르코 광장이란다. 두칼레 궁전은 베네치아에서 가장 멋진 건물로 9세기경 총독의 성으로 지어졌다 한다. 일반적인 고딕 양식에 동방의 요소가 가미된 건물이다. 궁전을 보는 순간 아, 어쩜 이리도 은은한 빛을 발할까 감탄한다,

멀리서 바라보니 연분홍 수많은 아치형으로 이뤄져 있다. 그 모양이 커다란 숟가락에 네잎클로버를 그려 넣은 것 같은 문양이다. 이것이 부와 권력의 상징이었다니 고개가 절로 끄덕여진다. 외벽이 정교하게 표현되어 예술적 가치는 물론, 화려하지 않으면서도 우아하고 단아하다. 미술관으로 사용하고 있어서일까, 분위기가 느껴진다. 대성당은 웅장하고 화려했다. 눈길 닿는 곳마다 신비로워 시선이 멈추게 된다. 대성당은 산마르코의 유골을 안치할 납골당 목적으로 세워졌단다. 그 후 리모델링되어 로마네스코 양식과 비잔틴 양식을 지니고 있다고 한다.

산마르코 광장

산마르코 광장 거리

특히 대리석과 모자이크의 장식이 시선을 끌었는데, 찬란하다 해야 할까, 고급스러웠다. 은은한 궁전과는 달리 성당 장식은 화려하고 아름다움에 매료되어 입을 다물지 못했다. 성당 정문 가까이 가서 위를 올려다보니 네 마리의 청동 마상이 금방이라도 뛰어내릴 듯한 자세를 취하며 위용을 자랑하고 있다. 마상 위의 아치형, 그 위에 황금 사자상이 위엄있어 보인다. 세계 각국에서 모여든 사람들은 성당 안에 들어가려고 긴 행렬로 늘어서 있는데 우리는 설명 듣는 것만으로 만족해야 했다. 벽돌을 높이 쌓은 듯한 종탑은 우뚝 솟아 유난히 높았다.

붉은 기둥 위의 삼각형이 초록색으로 원래는 등대로 쓰기 위해 지은 것이 감옥으로 사용되었다고 한다. 이 종탑에서 갈릴레이가 자신이 개발한 망원경을 베네치아 총독에게 보여주었다고 한다. 종은 언제 치는지 물었더니 1시간에 한 번 치고 점심때나 미사 볼 때 친다고 한다. 그러고 보니 방금 은은히 울려 퍼지던 종소리가 종루에서 나는 소리였구나 싶었다. 엘리베이터가 설치돼 있다니 종탑에 올라보면 수로에 떠다니는 수상택시와 운하도 보고 베네치아 전경을 다 볼 수 있을 텐데, 패키지 여행이다 보니 그럴 수 없어 아쉬웠다.

두칼레 광장은 ㄷ자로 덮개가 있는 아케이드 아래 카페와 레스토랑이 즐비했다. 광장으로 들어서 길게 이어진 상점 앞을 걸어가니 어디선가 연주하는 소리가 들린다. 자연히 소리 나는 쪽으로 발걸음을 옮기니 많은 사람이 노천카페에 앉아 유유자적 여가를

산마르코광장 노천카페

카페의 연주자들

골목길의 관광객들

즐기고 있다. 바이올린, 피아노, 첼로, 아코디언 등 4중주의 연주자들은 깔끔한 차림으로 선율에 집중하고 있다. 우리도 잠시 서서 낭만적인 풍경에 귀 기울이며 연주에 매료되어 있었지만, 다른 곳도 돌아봐야 하고 일행과 약속한 시각에 늦지 않으려고 자리를 뜨고 말았다.

한참을 걸어 광장 반대편으로 돌아가니 그곳에서도 연주자들과 많은 사람이 편안한 자세로 의자에 앉아 음악에 심취해 있다. 여유로운 저녁을 보내는 모습이 평화로움 그 자체였다. 우리는 작은 카페에 들러 아이스크림을 살까 하다가 콜라를 사 들고 자리에 앉았다가 일어서라는 종업원의 경고를 받았다. 자릿세를 내지 않아서일까, 비싼 음식이 아닌 하찮은 병 콜라여서일까, 서서 콜라를 마시고 가게를 나오는데 씁쓸한 웃음이 흐른다. 독특하고 매력적인 물의 도시를 들뜬 마음으로 관광했다면, 나폴레옹이 세계에서 가장 아름다운 응접실이라 극찬했다는 산마르코 궁전, 대성당, 종탑, 광장 등은 왕가에 온 기분으로 차분하게 돌아보았다.

뜨거운 태양 아래 곤돌라를 타고 물 위에 떠다니던 기억과 고풍스러운 분위기의 궁전, 웅장하고 화려한 성당, 야외에서 펼쳐진 연주와 낯선 사람들의 낭만적인 풍경은 내 삶의 작은 언덕에 쉼표 하나를 크게 찍었다. 잊히지 않을 것 같다. 이탈리아를 다녀와 곱씹는 맛 여간 아니다.

[2018. 8.]

유적지 안으로 들어가는 관광객들

발굴된 폼페이 유적

알몸의 집터
- 폼페이 유적

여행 3일 차 이른 아침 폼페이 유적지에 도착했다. 언제나 조금 "빨리"를 외치는 인솔자와 현지 가이드 덕에 오전 9시 문 여는 시간에 맞춰 일행이 먼저 입장한다.

'모든 길은 로마로 통한다'라는 말의 의미를 폼페이 유적지에 와서야 깊이 알게 된다. 골목골목이 서로 통해서 어느 길을 택해도 다시 만날 수 있다. 길게 이어진 길은 돌이 콕콕 박혀있고, 양옆에는 보행자 길이 따로 있어 비가 오면 질척거리지 않아 좋을 것 같다. 폐허가 되어 버린 집터들은 가운데 길 양옆으로 길게 늘어서 철옹성 같은 벽만 두껍게 남아있다. 그 벽이 말은 못해도 그때의 처참함을 알려주었다. 돌길을 따라 걷다 보면 징검다리 같은 큰 돌 세 개가 작은 돌 사이에 묵직하게 박혀있다. 그 옛날 마차가 천천히 달리도록 과속 방지턱이었다니 오늘날 도로 방지턱과 같은 맥락이리라.

마차가 다니는 길은 야광석이 박혀있어 어두운 밤이면 더욱 빛날 것 같다. 아마도 등대 역할을 했을 것 같다. 폼페이는 서기 79

발굴된 가옥들

폼페이 도로

깨진 도자기와 석고가 되어 있는 사람

묻혀있는 항아리

공중 수도

년 베수비오 화산 폭발로 엄청난 양의 화산재와 화산암이 쏟아져 내린 도시이다. 이때 이천여 명이 희생되었다 한다. 제정 로마 시대 귀족들의 별장이나 휴양지이기도 했던 곳이 하루아침에 사라졌으니 현장에 있던 이들의 고통과 이를 지켜본 사람들의 충격이 얼마나 컸을까. 골목에는 화산재에 묻혀 죽은 사람 해골이 쌓여 그날 그 시간 속에 머물러 있어 그날의 참상을 짐작게 한다. 어떻게 보면 예술가가 만들어낸 작품 같지만, 고초를 겪으며 죽어간 사람들의 형상이다.

죽어간 이들은 오랜 시간이 지나면서 썩어 그 자리에 공간이 만들어졌다고 한다. 그곳에 석고를 부었더니 처절했던 모습이 그대로 나타났다. 고통스럽게 죽어 뒤틀린 개를 비롯해 가만히 앉아서 죽은 사람, 엎드려 희생된 아이, 길게 누워 변을 당한 사람 등등의 석고 본을 보자 아무 탈 없이 하루를 산다는 게 얼마나 감사한 일인지, 고개가 끄덕여진다. 미처 생각할 겨를도 없이 이런 일이 닥친다면 그동안의 삶이 얼마나 허망할까, 누구나 죽을 땐 빈손으로 가는 걸 알면서도 이런저런 욕심을 채우며 사는 것이 허상 아닌가.

한쪽에는 깨진 도자기, 그릇 등이 칸칸이 쌓여 있다. 사거리에서 만난 공중 수도는 우리의 살림과 다를 바 없는 그 시대의 생활상을 엿볼 수 있어 짠했다. 갑자기 그때 상황이 떠올라 멀리 보이는 베수비오산을 올려다본다. 불기둥을 뿜어냈을 산봉우리가 움푹 파였다. 그 안에서 용암 덩어리가 튀어나왔을 거란 상상을

하니 평온했던 사람들 일상이 떠올라 그 자리를 얼른 뛰쳐나오
고 싶었다. 오스스했다. 누구도 예상치 못했을 어느 날의 시간, 느
닷없이 찾아온 날벼락에 얼마나 당황해했을까. 빵집인 듯한 곳엔
화덕이 여럿 있고, 어느 집은 부엌인 듯 뚜껑 없는 항아리가 앞마
당에 그대로 묻혀있다. 그곳에서 한 살림 했을 가족 모습이 그려
진다. 부산했을 그날 아침 풍경이 스치며 가여운 생각에 마음 짠
하다.

깊은 잠에서 깨어난 폼페이의 넓은 유적을 다 돌아볼 수는 없
었지만, 발길 닿는 곳마다 옛 로마제국의 도시 문명이 어땠는지를
알 수 있었다. 역사와 문화가 담겨있는 폼페이를 터덜터덜 걸어 나
오다 뒤돌아보니 폐허로 남아있는 알몸의 집터들이 욕심부리지
말고 살라 이르는 것 같다. 집이 있어 여행하는 자체와 일상 속의
작은 기쁨이 얼마나 큰 축복인지, 지금의 삶이 얼마나 소중한지.
알고 가라 이르는 것 같았다.

[2018. 8.]

눈이 호강한 날
– 카프리섬

나폴리만의 지중해 카프리섬에 간다니 가슴이 마구 뛴다. 유럽에 와서 처음 타보는 기차는 좁고 마주 보고 앉아 불편했지만, 평범하고 순박한 사람들 모습에서 편안함이 느껴진다. 에어컨도 없는 기차를 탄다는 것은 상상도 못 했지만, 그곳 사람들처럼 그러려니 했다.

'돌아오라 소렌토로'라는 나폴리 민요가 생각나는 도시는 절벽위에 지어진 집들이 신기하다. 위험한 것 같아 자꾸만 올려다보게된다. 카프리섬에 당도하니 해안가에 크고 작은 요트들이 다정한이웃처럼 수십 대 정박해 있다. 이탈리아의 세계적인 휴양지답게바다 위에 요트, 바닷물 빛, 파란 하늘, 햇볕까지도 반짝거린다.그림 같은 주위 풍경이 낯설기만 하다.

작은 상점들은 오렌지, 바나나, 레몬 등의 과일을 높이 내걸어놓고 손님을 기다린다. 다시 일행만 태운 유람선은 하얀 물거품을일으키며 먼바다로 달려 나간다. 여행 중 만난 사람들이 오랜 지기처럼 곡진하다. 껌 하나라도 나눠주며 친구가 되어 가족 같은분위기로 정겹다. 거센 바람에 모자가 벗겨져도 야호, 소리 지르

카프리섬 코끼리바위

부호들의 별장

정박해 있는 요트들

며 색다른 체험에 다들 즐거워한다. 눈부신 햇살과 바람도 환호성을 지르며 가슴속을 파고든다. 시원하다. 저 멀리 커다란 바위에 덩치 큰 코끼리가 기어 올라가는 듯한 형상, 깎아지른 듯한 절벽 위에 고급 별장들이 숲속에서 가물거린다.

영화나 텔레비전에서 보았던 비경이 눈앞에 그대로 펼쳐진다. 감탄사가 절로 나온다. 멀리 화산을 내뿜었다던 베수비오산도 보이고, 오른쪽으로 산장의 붉은 집, 하얀 집들이 절묘한 조화를 이루어서 장관이다. 전 세계 부호나 연예인의 별장이라고 한다. 그곳에 적갈색 지붕이 영국의 찰스 황태자가 다이애나와 결혼 후 신혼여행을 다녀간 곳이라고 알려준다. 우리나라 축구선수 박지성도 신혼여행을 다녀갈 정도로 유명한 곳이다. 갑자기 유람선이 속도를 줄이더니 가수 김광석의 '60대 어느 노부부의 이야기'가 흘러나온다. 바다 물빛에 취했던 사람들이 찬물을 끼얹은 듯 조용하다. 다들 가사를 음미하며 리듬을 타고 흐르는 선율에 취해 있다.

세월은 그렇게 흘러/ 여기까지 왔는데/ 인생은 그렇게 흘러/ 황혼에 기우는데/ 큰딸아이 결혼식 날 흘리던 눈물방울/ 이제는 모두 말라/ 여보 그때를 기억하오.

들떠있던 사람들이 이 노래 한 곡으로 차분해진다. 하루하루가 과속으로 내달리는 요즘, 아등바등 살지 말라는 당부 같다. 살다 보면 만만치 않은 연결고리들이 얼마나 많은가. 불쑥불쑥 올라오는 그 무언가를 애써 태연한 척 괜찮은 척하지 않았던가. 푸른 하늘처럼 그렇게 고왔던 시절도 성난 바다처럼 암담했던 순간도 이제는 모두 말라버린 그 시간을 기억하는가, 내게 묻고 있다. 부부 동반인 사람들에게 어떤 메시지를 전해 주기 위한 가이드의 연출이 아니었나 싶다.

노래가 끝나고 서서히 작은 동굴 틈새 앞에 유람선이 멈췄다. 앞의 요트도 그곳에서 무어라 설명하는 것 같았다. 가만 보니 바위틈에서 축구공만 한 비취색 유리공이 불쑥 솟았다가 내려가기를 반복한다. 신기한 물빛, 신이 요술이라도 부리는 것일까. 환상적이다. 갑판 위에서 다시 와, 환호성이다. "저기 좀 보세요. 저기 보셨나요?" 가이드의 음성이 소프라노로 출렁거린다. 여행객 얼굴

지중해 투명한 바다에서 수영을 즐기는 사람들

도 보름달처럼 환하다. 그 물빛을 보려고 유람선과 요트들이 거기까지 달려와 순서를 기다리며 줄을 서 있던 거였다.

이 물빛은 보이는 날이 있고 보이지 않는 날이 있다고 한다. 우리가 찾아간 날은 햇빛과 바람이 도와주어 선명하게 드러났다. 다들 축복받은 사람들이라고 즐거워한다. 항구에 돌아와 도넛처럼 생긴 납작 복숭아를 사 들고 해변으로 나갔다. 백사장이 없는 해변은 만질만질한 자갈이 깔려있다. 물은 차갑지만 깨끗하다. 많은 사람이 수영을 즐기고 있었는데, 팔다리가 벌겋게 익어 피부가 훌렁 벗겨져도 일광욕을 즐기고 있어 깜짝 놀랐다.

얼마나 아프고 가려울까. 햇볕을 반갑게 맞이하는 사람들의 밝은 표정에서 "맞아" 햇빛이 얼마나 고마운 존재인가, 우리에게 비타민 D도 주지 않던가. 지중해에 발 담그고 앉아 생김새가 납작한 복숭아가 무슨 맛일까, 한입 베어 물었다. 달고 맛있다. 지금, 이 글을 쓰면서도 입맛이 다셔질 정도로 꿀맛이었다. 약속한 시각에 모여 푸니쿨라를 타고 정상에 오른다. 깎아지른 듯한 높은 곳에 다양한 상점들이 즐비하다. 각종 기념품 가게, 아이스크림 가게, 레스토랑, 옷 가게, 가방가게 등이 아기자기하면서도 화려하고, 깔끔하다.

카페 앞 난간에 기대어 조금 전 우리가 돌아본 먼바다를 바라보니 또 다른 절경이 펼쳐져 있다. 여행은 새로운 눈을 갖는 것이 아닐까. 낯선 곳 낯선 도시의 비경을 만난 카프리섬 여행은 눈이 호강한 날이었다.

[2018. 8.]

바티칸에 들어가기 위해 늘어선 행렬

바티칸 박물관 광장

여행의 맛
– 바티칸시티 박물관

이탈리아 수도 안에 있는 또 하나의 국가 가톨릭의 총 본산지, 교황청이라고 하는 바티칸시티에 간다. 세계에서 가장 작은 나라 교황이 계신 곳이다. 전날 민소매 차림이나 치마 입고는 들어가지 못한다고 하여 어제와 다르게 옷차림에 신경 쓰인다. 조촐한 차림으로 호텔 문을 나선다.

이른 아침 바티칸 박물관 앞에 도착하니 우리보다 먼저와 긴 담을 끼고 늘어서 있는 대열 뒤에 섰다. 한국에서 온 관람객도 많아서 반가웠다. 설렘, 기대감, 흥분을 가라앉히며 발걸음을 옮긴다. 누군가가 "운 좋으면 교황님을 만날지 누가 알아요."라며. 공연히 설렘을 부추긴다. 과연 교황님을 만날 수 있을지, 기대해 봐도 될까. 대기하는 시간이 길다 보니 잡상인들이 머플러나 그림엽서 열쇠고리 등을 손에 들고 다니며 사달라고 조른다.

일행 중 누군가가 머플러값만 물어보고는 사지 않자, 사십 대 초반인 듯한 여인은 "아침부터 그러시면 안 되죠. 나 한국에서 5년 살아서 한국말 잘해요. 한국 돈도 받아요." 해서 깜짝 놀랐다. 외국인이라고 함부로 말해서는 안 된다는 생각이 퍼뜩 든다. 여

바티칸박물관 천장화

천장화

〈피에타상〉

비너스상

역대 교황님 마차

행하면서는 눈에 보일 때 사야지 다음으로 미루면 나중에는 살 수가 없다. 손녀에게 주려고 여러 개가 달린 그림엽서 두 세트를 우리 돈 이천 원에 샀다. 그가 멀리 가고 나서야 하나 팔아줄 걸 아쉬워하는 이들이 더러 있었다.

바티칸 박물관에 들어가기 위해서는 공항에서처럼 엄격한 보안 검색대를 지나야 한다. 가슴 두근거리며 첫 만남은 지하에 있는 역대 교황님들 형상이다. 가이드는 사람이 너무 많으니, 이곳을 먼저 관람하고 나면 줄어들게 될 테니 학생들도 좋아할 거라고 말한다. 당시의 교황님이 생전에 타던 자동차와 마차가 시대별로 진열되어 있다. 제복을 입은 교황과 지프차가 웅장하고 멋있다. 지하 전시장을 나와 안으로 들어서자 휘황한 그림들이 눈앞에 가득하다. 신의 영역에라도 들어온 걸까. 가슴이 벅차오른다.

그림에 문외한인 나도 천장과 벽면에 가득 채워진 그림 앞에 입이 다물어지지 않는다. 화려하고 거대한 예술 작품 앞에 눈을 어디에 두어야 할지 모르겠다. 전 세계에서 몰려온 엄청난 인파에 밀려다니며 그림을 구경한다. 여기저기서 연신 감탄하는 소리가 들린다. 사진 찍기도 바쁜 시간, 한 화면에 다 담을 수도 없는 그림들을 보며 예술가의 섬세한 손길에 절로 고개가 숙어진다. 미켈란젤로의 조각상인 '피에타상' 앞에는 많은 사람이 모여 있다. 진중하게 성호 긋는 여인 앞을 지날 수 없어 뒤로 물러서니 저절로 두 손 모으고 조아리게 된다.

아들 예수를 안은 어머니 마리아는 마지막을 포근히 어머니 품에 안긴 예수님을 형상화했다고 한다. 그 모습에 숙연해진다. 어머니 심정을 헤아려 나도 차분한 마음으로 묵상하게 된다. 좋은 곳을 보거나 맛있는 음식을 먹게 되면 먼저 가족이 생각난다. 서울에 있는 자식들과 함께 왔으면 좋았을 걸 하는 아쉬움, 손녀 생각이 간절하다. 미켈란젤로의 걸작 천지창조를 보기 위해 바티칸 박물관 안에 있는 시스티나 예배당으로 이동한다. 좁은 골목을 지나 밀려드는 인파를 헤치며 걸음을 옮긴다.

관람객이 많아서 일부 들어가면 제지하고 어느 정도 자리가 나면 들여보낸다. 갑자기 천정만 바라보는 사람들 속에 나도 자동으로 천장을 올려다본다. 휘황찬란한 그림에 압도당하는 느낌 장엄한 순간이다. 그림 색깔, 표정, 옷 모양새 등의 인물이 살아있는 듯하다. 책에서나 텔레비전에서만 보았던 그림을 눈앞에서 보고 있다는 자체만으로도 감동의 연속이다. 천지창조에서 가장 유명한 장면은 "아담의 창조"라고 한다. 하느님이 인간에게 생명을 불어넣는 장면을 극적으로 묘사한 이 장면은 성경의 창조 이야기를 시각적으로 생생하게 해석한 것으로 높이 평가된다.

아담의 손가락과 하느님의 손가락이 서로 닿을 듯 말 듯하다. 모두 시선 집중이다. 뒤로 젖힌 고개가 아프다. 이 그림을 보기 위해 전 세계에서 몰려든 사람들은 서로 이야기하며 경탄하고 있다. 미켈란젤로는 이 그림을 그리기 위해 고개를 뒤로 젖힌 불편한 자세로 그리거나 판자를 세우고 그 위에 누운 자세로 4년을 그림에 몰두했다고 한다.

천지창조는 단순한 회화 이상의 의미를 지녔다. 시각적 매력을 넘어 깊은 철학적 사유와 영적인 통찰력을 포함하고 있다는 설명이다. 가이드는 박물관에 들어오기 전 사각 정원에 있는 여러 개의 안내판 하나를 택해 천지창조와 최후의 심판을 비롯한 여러 그림을 짚어가며 알려주었다. 그림에 대한 배경지식이 있어야 안에 들어가서 그림을 볼 때 이해하기 쉽다고 뜨거운 햇볕 아래 땀을 뻘뻘 흘려가며 설명해 주어 많은 도움이 되었다.

박물관, 궁전, 예배당, 대성당 등을 돌아보고 밖으로 나오니 바티칸 자체가 거대한 예술 작품이란 생각이 든다. 일행은 박물관을 나와 벤츠 여섯 대로 로마 시내를 관광했다. 오전 내내 감동의 도가니에 휩싸여 반짝반짝 빛나는 보석 같은 시간을 보냈다. 포도송이 열매가 알알이 차오르듯 내 안의 하루가 알알이 영그는 느낌이 든다. 여행의 맛 이런 것일까.

[2018. 8.]

미켈란젤로 광장

미켈란젤로의 광장

꽃의 도시 피렌체

이탈리아 피렌체(플로렌스 Florence)는 르네상스 문화의 발상지로 예술과 건축의 도시, 꽃의 도시로 알려져 있다. 세계에서 가장 아름다운 도시 중 하나로 도시 전체가 유네스코 세계유산으로 등재되어 있다. 피렌체는 야외 박물관 같은 느낌이들었다.

전날 베네치아에서 40도의 뜨거운 태양 아래 걷고 차로 이동하고 강행군했어도 새벽 5시 반 일행 모두 모였다. 집에 있으면 방학이라 늦잠 자고 있을 초등학생들도 피곤한 기색 없이 나타나 대견하다고 칭찬해 주었다. 6시 30분 우유 한 잔에 빵을 곁들인 식사를 하고 피렌체로 이동하는 발걸음이 활기차다. 몸이 가볍다, 피렌체는 영화와 소설 '냉정과 열정 사이'로 아오이와 준세이가 재회한 장소로 알려진 곳이다. 가이드는 전용버스 안에서 박식한 설명을 하고 나는 현장감을 살리기 위해 그 내용을 받아 적고 있다. 오전 11시 플로렌스에 도착했다.

어제는 물의 도시, 오늘은 꽃의 도시에 왔다. 이른 점심으로 스파게티, 쇠고기 슈트, 야채 샐러드, 수박이 나왔다. 집에서는 잘

시뇨리아광장 거리 풍경

먹지 않는 스파게티가 의외로 맛있다. 정통 이탈리아 음식이어서
일까. 큰 식당 안은 세계 각국의 여행객들로 꽉 차 있다. 수백 명
분을 만들어내서 더 맛있는 것일까. 얼른 먹고 길을 나선다. 좁
은 골목길을 걷다가 시인이자 철학자, 정치가인 알리기에리 단테
(1265~1321)의 집 앞이라는 말에 고개를 들었다. 지금은 박물관
으로 사용하고 있다는 4, 5층 높이의 건물 벽면에 그의 흉상이
있다. 사람들이 다니는 길에도 물을 뿌리면 베레모를 쓴 단테의
왼쪽 옆면 얼굴이 나타난다. 뾰죽한 코가 인상적이다.

이탈리아 위대했던 예술가의 신기한 조각상이 왜 길바닥에 아
무런 구조물 없이 있을까 의아했다. 가이드가 알려주지 않았다
면 그냥 밟고 지나갈 뻔하지 않았나. 많은 예술가의 고향인 피렌

체는 베키오 궁전, 시뇨리아 광장, 미켈란젤로 광장, 꽃의 성모마리아 성당 등 예술가의 거리답게 볼거리가 많았다. 화가이며 조각가, 건축가였던 레오나르도 다빈치를 비롯하여 미켈란젤로. 보티첼리, 라파엘로 등 유명한 예술가들의 조각상이 전시장에 설치되어 있어 야외 박물관 같았다. 이것은 당시 피렌체 세력가이던 메디치 가문이 적극적으로 후원했기에 가능했다고 한다.

금융업을 배경으로 두각을 나타냈던 메디치 가문은 열세 살 미켈란젤로의 재능을 발견하고 조각 공부를 시켰으며, 라파엘로를 후원해서 그의 천재성을 마음껏 발휘하도록 했다. 르네상스를 빛내던 많은 화가와 건축가 대부분이 메디치 가문의 후원을 받은 셈이라 문화예술을 사랑한 메디치 가문의 현명한 판단에 머리가 숙어진다. 유럽에서 커다란 성당을 '두오모'라 부른다. 산타 마리아 델 피오레 성당인 두오모는 우아하고 아름답다. 지금까지 건설된 돔 형식 중에 제일 큰 돔이라고 한다. 볼수록 신비롭고 경이롭다. 피렌체에서 빼놓을 수 없는 곳이 조토의 종탑과 세례 당인데, 가장 눈에 띄고 유서 깊은 건축물 중 하나이다.

외관에 새겨진 문양이며 건물을 올려다보는 것만으로도 가슴벅차다. 언제 이곳에 다시 올까 싶어 작은 기도가 절로 나온다. 피렌체 두오모 성당은 정식 명칭이 델 피오레 대성당으로 '꽃의 성모마리아'라는 뜻이라고 한다. 피렌체의 상징물이기도 하지만, 건물자체가 하나의 작품처럼 멋지고 견고하다. 전날 보았던 산마르코 대성당과 비슷한 건물이지만 크고 작은 문양이 특별하다. 웅장해서 내가 얼마나 작은 존재인지 다시 한번 실감한다. 이 성당은 옅은 분홍색과 갈색, 흰색, 연초록 등의 뛰어난 조각 장식과 대리석이 조화를 이뤄 화려한 피렌체를 엿볼 수 있다. 위는 벽돌색 돔이 얹혀 있어 우아하고 화려하면서도 그 어떤 위용이 느껴진다.

입구에는 세계 각국에서 몰려온 인파가 길게 줄을 서 있다. 한 시간은 족히 기다려야 들어갈 것만 같다. 그곳에서 길바닥에 그림을 펼쳐놓고 파는 상인이 있었다, 내가 보는 앞에서 젊은 청년이 그림을 조금 밟고 지나갔다. 이를 지켜본 상인이 뛰어가 그 청년을 잡고 "이 그림 어떡할 거냐"라고 묻는다. 그 청년이 미안하다고 사과해도 붙잡고 놔주지 않는다. 그물에 걸린 물고기가 되어 버린 자신을 눈치챈 청년은 잽싸게 뿌리치고 뛰쳐나간다. 상인은 어이없다는 듯 고개를 흔든다. 웬일로 쫓아가지 않고 그냥 내버려두어 은근히 걱정했던 마음을 내려놓는다.

전날 가이드에게 들은 장면을 그대로 목격한 것이다. 여행 중에는 늘 가방을 앞으로 메고 조심하라는 말을 귀에 못 박힐 정도로 들었다. 난민이 많아 그렇다는 것이다. 우피치 미술관과 베키오 궁전이 있는 시뇨리아 광장으로 간다. 지금은 시청사로 쓰고 있다는 베키오 궁전과 르네상스 시대 예술인들의 다양한 조각상이 있어 반가웠다. 헤라클레스, 미켈란젤로의 다비드상 등은 진품이 아닌 복제품이라고 한다. 메두사의 머리를 들고 있는 페르세우스상, 파트로클로스의 시체를 찾아오는 메넬라오스 등 벽면에 일렬로 서있는 사비니 여인들 등이 섬세하고 사실적으로 묘사되어 있어 놀라웠다.

　피렌체가 낳은 인류의 여러 보물을 구경하는 인파는 어마어마해서 발뒤꿈치를 들고 다녀야 했다. 꽃의 도시 플로렌스에서 메디치 가문의 후원으로 탄생한 르네상스 시대 예술인의 다양한 조각상을 보면서 감동과 감탄의 연속이었다. 나도 피렌체에 종일 있었으니, 스펀지가 물을 빨아들이듯 예술가의 정기를 조금은 받아들이지 않았을까. 일상의 작은 기쁨이 모여 행복이 자라나듯 예술 세계를 조금씩 물들이지 않았을까. 내 글에도 접목하여 꽃피우고 싶다.

[2018. 8.]

2
예술과 낭만, 서유럽

피사대성당과 사탑

광장의 관광객들

아이러니
– 피사의 사탑

　여행 하다 보면 고개를 갸우뚱할 때가 있다. 구경하는 재미도 쏠쏠하지만, 모순적일 때도 있다. 여행 떠나기 전 인터넷으로 피사의 사탑을 검색했을 때는 덤덤했는데, 들어가는 입구에서 멀리 있는 실체를 보니 위태로워 보인다. 사진으로만 보던 건물이 눈앞에 있다니 정말 쓰러질듯 비스듬히 서 있어 신기했다.

　피부색이 다른 사람들과 같이 넓은 광장으로 들어간다. 세계 7대 불가사의 중 하나로 불리는 피사의 사탑은 비바람에 흔들려도 어려움을 극복하고 서 있는 사람이 연상되었다. 저러다 정말 쓰러진다면 그 안의 사람들은 어떻게 될까 걱정스러웠다. 제대로 된 건축물보다 기울어진 건물을 보러 오려는 관광객이 더 많다니 아이러니했다. 그렇다면 세계에서 가장 부실한 공사를 한 셈이어서 더 유명해졌다는 이야기 아닌가. 사진 찍는 장소에 사람들이 줄을 서 있다.

　저 멀리 눈에 보이는 사탑을 배경으로 각자 재미있는 자세를 취하는 자리이다. 어떤 이는 사탑을 머리에 이고, 다른 이는 쓰러지지 말라고 두 손으로 받쳐 들고, 누군가는 쓰러지라고 발로 차는 시늉을 하며 웃는다. 사탑에 뽀뽀하는 여인, 떠받치고 있는 사람도 있다. 저마다의 생각이 다르고 표정이 다르듯이 사진 찍는 모습 하나에도 각기 다른 형태로 자세를 취한다. 우리도 기다렸다가 사탑을 일으켜 세우는 척 두 손으로 건축물을 받쳐주는 흉내를 내고 사진 찍었다. 아무런 자세나 표정 없이 찍는 것보다는 색다른 자세 취하는 것이 나중에 보기 좋고 다녀온 후에 웃음거리도 되지 않던가. 여행하면서 알게 된 또 하나의 선물이다.

이 사탑은 1173년에 공사를 시작했는데 공사 중에 기울어져 난리가 났다고 한다. 기울어진 이유는 원래 피사가 아르노강의 범람원 위에 세워진 도시여서 지반이 매우 약했던 데다가 높게 탑을 쌓았음에도 불구하고 아래로는 고작 3미터밖에 파지 않아서 하중을 견디지 못했기 때문이라는 것이다. 그 결과 공사 중에 한쪽으로 서서히 쓰러지기 시작했다. 완공하기도 전에 기울었으니 다시 헐고 처음부터 다시 지어야 했겠지만, 모종의 이유로 그러지 못했다는 이야기이다. 이 탑을 보기 위해 세계`각국에서 몰려드는 인파를 생각하면 고개가 갸우뚱해진다.

뒤미처 기적의 광장을 지나 사탑 앞에 이르자 멀리서 보았을 때는 기둥이 옆으로 비스듬히 기울어져 있어 금방이라도 쓰러질 것 같던 건물이 가까이 보니 튼튼하고 얼마나 높은지 한참 올려다보게 된다. 견고하고 웅장해서 쉽게 무너질 것 같지는 않아 공연히 걱정했구나 싶다. 그 앞을 지나 성당, 세례 당을 한 바퀴 돌아 나오니 그새 들어오는 인파가 북적인다. 여행하는 동안 일행은 함께 다니기도 하였지만, 인솔자의 안내로 각자 흩어져 자기만의 시간을 보내고, 약속한 시각에 다시 모이곤 했다. 패키지여행인데도 모두 잘 지켜준 덕에 오늘 하루도 즐거웠다.

건물이나 가정이나 기초가 튼튼해야 오래도록 지탱할 힘이 생긴다는 진리를 이탈리아에서 새삼 알게 된다. 피사의 사탑, 정말 아이러니하지 않은가.

[2018. 8.]

밀라노거리

세계 최초의 쇼핑 거리
- 밀라노 풍경

    사람들은 본인 분위기에 알맞게 옷을 입는다. 입은 옷에 따라 어떤 성격인지 판가름하기도 한다. 내 경우 조촐하고 여성스러운 것을 좋아한다. 색감도 화려한 무늬보다는 평범한 색을 좋아한다. 여행할 때는 가끔 화려한 색을 입기도 하지만 어딘지 모르게 어색해서 벗어버리곤 한다.

    패션쇼로 유명한 밀라노 거리에서 가이드의 설명을 들으며 광장에 들어선다. 드넓은 광장은 모여든 인파로 인산인해를 이룬다. 유럽에 와서 느끼는 것은 휴가철이어서인지 가는 곳마다 관광객이 많았다. 두오모 대성당 앞에서 위를 올려다보면 하늘을 찌를 듯한 첨탑들이 몸체에 왕관을 쓴 것처럼 솟아있다. 가냘프고 뾰족뾰족한데, 성을 지키는 수호신 같아 위용이 느껴진다. 성자와 성인, 나폴레옹 조각상과 정교한 조각들이 신과 가까워지려고 높이 솟아 있는 거란다. 이런 것을 볼 때 사람들은 오래전부터 신과 친해지려고 노력하였나 보다.

14세기에 초석을 놓은 성당은 600년 가까운 공사 기간 끝에 20세기에 와서야 완공되었다는 설명에 할 말을 잃고 고개만 끄덕인다. 하늘로 솟은 첨탑들이 두오모 성당을 둘러싸고 있어서 가만 보니 숲이 연상되기도 한다. 맨 위에 성인 한 사람씩을 세워 성자와 성인이 밀라노를 내려다보고 있는 형상이다. 대단하지 않은가. 이렇게 견고하고 웅장한 건물을 어떻게 세울 수 있었는지. 유럽에 와서 성당을 볼 때마다 예술 작품이어서 탄복하게 된다.

사람의 노력으로 이루어진 결과물이라 얼마나 공들인 건물인지 짐작할 수 있지 않은가. 광장 가운데에 빅토리오 에마누엘 2세의 동상이 자리하고 있다. 이곳에서 지역 축제와 신년맞이 축제가 열린다고 한다. 대부분은 의미 있는 장소라며 인증사진을 남기고 에마누엘 2세 갤러리아로 들어선다. 건물 입구의 아치형이 먼저 우리를 맞이한다. 세계에서 가장 아름답다는 쇼핑 거리는 세계 최초의 쇼핑센터로 쇼핑몰의 시초가 되었다고 한다. 윈도에 내

걸린 옷들이 세련미가 흐른다. 그 모습에 예전 직장 다닐 때 옷을 맞춰 입던 시절이 떠오른다.

그때는 기성복보다 맞춤복이 유행하던 시절이었다. 한 달에 한 번 옷감을 파는 아주머니가 옷감 보따리를 머리에 이고 종로 1가에 있는 직장으로 오셨다. 시간이 바쁜 여직원들은 공간 있는 사무실에 모여 옷감을 고르느라 바삐 움직였다. 아주머니는 외상으로 옷감을 주고 월급날이면 옷감 값을 받아 가셨다. 그 관계도 신뢰가 있어야 했고, 그분의 장사는 쏠쏠했다. 우리는 어느 감이 좋은지 어떤 색이 어울리는지 돌아가며 옷매무새를 서로 봐 주기도 했다.

그 옷감을 가지고 무교동이나 종로 3가 단골 양장점에 가서 옷을 맞춰 입었다. 그리고는 광화문 종로 명동길을 누비고 다녔다. 그 시절에는 기성복이 별로 없어 무조건 맞춰서 입었으니 발랄한 아가씨들 행보는 유행을 만들기도 했다. 그때 함께했던 직장 동료들이 이제는 손자 손녀를 둔 할머니가 되었다. 요즘도 만나면 실종된 시간을 찾으며 양장점 다니던 이야기로 웃음꽃을 피운다.

가만 보니 천장은 유리와 철재 모자이크로 여러 가지 색깔의 대리석 모자이크 패턴을 넣었다. 바닥은 밟고 다니는 것조차 미안할 정도로 깔끔하고 스테인드글라스 문양이 화려하면서도 곱다. 로마의 늑대, 피렌체의 백합, 밀라노의 십자가 토리노의 황소 등 문양이 다양하다. 이 거리는 스칼라 광장과 두오모 성당을 이어주는 통로 역할도 하는 거리다. 통로 양쪽으로는 시계점, 루이뷔통,

프라다, 구찌, 입생로랑, 페라가모 등 세계적으로 이름 있는 매장이 들어찬 최고급 쇼핑가로도 유명하다. 각종 카페, 레스토랑, 아이스크림 가게, 밀라노 스타벅스 1호점, 맥도널드도 입점해 있다고 한다.

거리는 부유층 만남의 장소가 되어 밀라노 응접실이라고도 불린다. 그 거리에 있다 보니 그럴 만도 하겠다. 스카라 극장 앞까지 다녀오는데 사람들이 모여있어 웬일인가 싶었다. 바닥에 황소 그림 모자이크가 언뜻 보인다. 다들 그걸 밟고 빙그르르 돌면서 파안대소한다. 영문을 모르는데, 인솔자가 금방 알려준다. 움푹한 곳은 황소의 성기라고 하는데 수많은 여행객이 밟아서 닳아 없어졌다고 하여 다들 빵, 터지고 말았다. 수도 없이 밟았으니 얼마나 아프겠냐며 깔깔거린다. 재미있는 이 광경에 박장대소하며 우리 부부도 기다렸다가 거시기를 밟고 빙그르르 돌면서 소원을 빌었다.

주술적인 이 광경은 동서양을 막론하고 같은 맥락을 지니고 있구나 싶었다. 세계적인 명품과 유행, 패션을 한데 모아놓은 밀라노에서 아케이드에 펼쳐진 패션에 놀라고, 대성당의 위용에 놀라고, 휘황찬란한 도시에 놀랐다. 명동 거리 같은 느낌도 있었으나 패션과 문화를 대표하는 도시답게 매력 있는 밀라노 거리 자체가 하나의 예술 작품이었다. 활기 넘치는 그 거리를 걷는 사람들은 일가견이 있는 멋쟁이 같았다.

[2018. 8.]

심장의 무게
– 이집트의 운명

영국의 대영박물관은 얼마나 클까, 기대하며 프랑스에서 유로스타 기차를 타고 런던으로 가고 있다. 런던은 지금 비가 오고 있단다. 여행객이 많다 보니 입국심사가 늦어져 기차가 늦게 출발했다.

영국에 도착해 전세 버스에 오르니 50대 초반쯤 돼 보이는 여성 가이드가 해가 지지 않는 나라에 온 것을 환영한다고 인사를 건넨다. 그곳에 살아온 지 26년인데 에어컨은 물론 선풍기도 없이 살고 있다면서 여름이 덥지 않은 나라, 하루에도 사계절이 왔다 갔다 하는 나라라고 한다. 오랜 가이드 생활을 해서인가 말에 막힘이 없다. '길을 잃어버리면 낯설고 모두가 힘들어진다. 유물을 만지지 마라. 사진 찍기 위한 관광지가 아니니 셀카 사용 금지' 등등의 주의를 준다. 미모도 뛰어나지만 편안한 의사 전달에 박수를 보냈다. 특히 영국의 역사와 문화, 대영박물관에 대한 알찬 정보는 귀를 쫑긋 세우게 한다. '박물관은 눈을 크게 뜨고 귀와 가슴을 열고 봐야 한다.'고 알려준다.

프랑스 루브르박물관, 영국 대영박물관, 이탈리아 로마의 바티칸 박물관 등 세계 3대 박물관 중 하나인 이곳에서도 소매치기가 득실득실하니 가방 조심하라는 말도 잊지 않는다. 대영박물관은 1759년 최초로 문을 연 국립박물관이고 입장이 무료이다. 전 세계에서 모은 유물을 관람하려면 2박 3일은 족히 걸린다고 하는데, 우리는 이집트 유물관과 인기 있는 몇 곳을 둘러보는 것으로 만족해야 했다.

박물관에 들를 때마다 아이들 어렸을 때 함께 여행을 많이 할 걸 하는 아쉬움이 밀려든다. 부모와 함께 온 아이들을 볼 때마다 복 받은 아이라는 생각이 들고, 부모 노릇 제대로 했나, 돌아보게 된다.

100여 미터도 넘게 길게 늘어선 줄에 서서 뒤를 돌아 보고 놀라니 이른 아침이라 사람이 많지 않은 거라고 알려준다. 인파에 밀려 있다가 가이드 경험으로 정문이 아닌 옆문으로 들어선다. 눈을 어디에 두어야 할지 모르는 상황, 여느 때와 같이 수신기 이어폰을 끼고 설명을 듣는다. 가만히 보니 각국에서 온 관람객이 많이 몰려 있는 곳에는 그럴만한 이유가 있었다. 이집트와 아프리카에서 수집한 유물이 크게 눈길을 끈다. 특히 이집트 미라의 방에 있는 정형화된 시신에 많은 사람이 몰려 있다. 기름을 바른 듯한 반드르르한 미라는 목각 조형물 같았다.

기원전 3500년에서 서기 700년 사이의 미라를 어떻게 보존하였는지 고개가 갸우뚱한다. 현세와 마찬가지로 내세에서도 생명이

대영박물관. 이집트 장례문화 벽화

대영박물관. 이집트 미라

대영박물관. 투탕카멘 석상

연장된다고 믿고 있는 이집트인들은 시체를 미라로 만들어 부패를 막고 보존하려 했다니 유물에 공들인 시간이나 비용이 얼마나 많이 들었을까. 곳곳에 벽화가 많았는데 흥미로웠던 것은 장례 문화의 일종을 알리는 그림이었다. '사자의 서(死者-書, Book of the Dead)'라는 제목 앞에서 설명을 듣는다. 이 벽화는 장례 문서 일종으로 파피루스에 기재해서 개인 관에 부장한 것이라고 한다. 부활과 영생을 바라는 지하 세계의 안내서인데 편안하게 사후세계에 도착하게 하는 마법의 주문이다.

신들에 대한 서약서라고 할 수 있는데 죽은 자를 심판하는 배심 장면의 신이 앉아 있어 오래전부터 사후에 대한 관심이 있었음을 알 수 있다. 특히 심장의 무게를 재는 저울에 호기심이 갔다. 저울 앞에는 죄를 벌하려고 무섭게 앉아 있는 괴물이 있었다. 영혼의 심장이 타조의 깃털보다 무거우면 죄가 많은 것으로 판단하였다니 그 저울 앞에 서면 멀쩡한 사람도 오금이 저리지 않았을까. '저는 친구의 재산을 빼앗지 않았습니다. 저는 고아의 재산을 빼앗지 않았습니다. 어떤 사람도 울리지 않았습니다.' 등등을 고백하면서 심문을 받고 도덕적 결백을 주장했다고 한다.

심장이 타조의 깃털만큼 가벼우면 내세의 쾌락을 누릴 수 있지만, 그 반대일 경우에는 괴물에게 심장을 먹게 한다니 죄 없는 영혼이라도 얼마나 무서웠을지, 미루어 짐작된다. 그 외에도 여러 형태의 미라를 관람하면서 내세에 잘 살아야 후세에도 편안하겠구나 싶었다.

영국은 이런 유물들을 과거 식민지 시절에 다른 나라에서 가져왔다고 한다, "너희가 보관하면 훼손할까 봐 우리가 갖다 보관해 줄 게" " 이건 전 세계의 문화유산이니까"라는 식으로 뺏다시피 하여 가져와 전시하고 있다니 아이러니하다. 어떤 유물은 생선포 뜨듯이 포를 떠와서 붙였다고 한다.

그 기술이 대단하다 싶다. 어쨌든 여러 나라의 유물을 한곳에서 볼 수 있어 신기하고 좋았으나 한편으로 다른 나라의 유물은 그 나라로 돌려보내야 하지 않을까. 우리나라 문화유산도 다른 나라에 가 있는 것을 어느 스님의 노력으로 다시 반환하여 들여오는 것을, 매스컴을 통해 본 적이 있다. 강대국의 약탈로 약소국의 문화유산이 다른 나라 박물관에 가 있다는 것이 얼마나 슬픈 일인가. 이제라도 본국으로 돌려주면 좋으련만, 현실은 그렇지 못하다. 언제인가 이집트인들이 유물을 돌려달라고 대영박물관에 모여 울면서 데모하는 것을, 텔레비전을 통해 본 적이 있다. 와서 보니 그럴 만도 하겠다.

두 시간 삼십 분 동안 허락된 시간에 한국관은 보지도 못하고 돌아서야 하는 발걸음이 떨어지지 않는다. 여행을 통해 대영박물관도 관람하고, 가슴 뿌듯했던 시간, 마음이 풍요롭다. 돌아갈 집이 있음에 감사하다.

[2018. 8.]

유종의 미
– 짧은 여행, 긴 여운

어느새 서유럽 여행 마지막 날이다. 돌아보니 꿈같은 시간이 흘렀다. 먹고 잠자고 이동하고 낯선 거리와 신기한 보물들을 관람하며 발걸음을 옮겨 다녔다. 이제 서서히 서울 집으로 돌아갈 생각을 하니 감사함과 아쉬움이 밀려온다. 마지막 여행지는 영국의 대영박물관과 템스강, 버킹엄궁이다.

어느 나라이건 도시는 강을 따라 발전한다. 런던 하면 템스강, 파리하면 센강, 독일은 라인강, 서울은 한강이 떠오른다. 영국 템스강(River Thames)에서 유람선을 탄다. 런던 시가지를 한 바퀴 도는 일정인데 비가 계속 내린다. 우산을 쓰고 먹구름 낀 하늘을 머리에 이고 강물을 바라보는 순간 시멘트를 풀어놓은 듯한 희뿌연 물빛이 실망스럽다. 과연 이곳에 물고기가 살까 싶기도 하고, 서울의 푸른 한강이 떠오른다.

태백의 검룡소에서 발원하는 한강은 서울 시민의 젖줄이지 않은가. 검룡소에 갔을 때 작은 물줄기가 폭포처럼 쏟아져 내리는 것을 보고는 그 어떤 힘이 느껴졌다. 템스강은 한강보다 강폭이

타워 브리지

런던 아이

템즈강 주변의시청사

좁다. 물 색깔이 탁해 보이는 것은 하루에도 수심이 7미터나 변할 정도로 강 하구로부터 썰물과 밀물의 영향이 매우 크다고 한다. 물 흐름 때문에 생기는 현상이라는 것이다. 선착장 건너편에는 런던 시청사가 보인다. 뾰족하고 각진 외관이 기울어져 특이하다. 비가 와서 걱정이긴 해도 가끔 선상에 올라 이국적인 런던 시가지를 바라본다. 선상에 한국 사람이 많아 서로 사진 찍어주며 어디서 왔느냐고 묻기도 한다. 같은 민족이라 그런지 친밀감이 있다.

유람선에 앉아 특이한 고층 빌딩과 고풍스러운 건물들을 바라보며 영국 분위기를 느낀다. 런던아이는 1999년 영국 항공이 새천년을 기념하기 위해 당시 세계에서 가장 높은(135m 회전 관람차) 관람용 놀이기구로 만든 것이라고 한다. 밀레니엄 휠(Millennium Wheel)이라고 부르기도 한다. 지금은 유럽에서만 가장 높다는 런던아이는 원형으로 거대한 자전거 바큇살을 연결한 것 같다.

멀리서 보기만 해도 런던의 대명사가 될 것 같은 위엄이 느껴진다. 비가 와서인지 팔월인데도 바람 불고 춥다. 강물 따라 주변의 국회의사당과 빅벤, 런던아이, 런던탑 브리지 밑을 지나 다시 처음 유람선을 타던 곳으로 회귀한다. 다음은 버킹엄궁으로 향한다. 길가에 비를 맞고 걷는 사람들이 많아 의아했다. 가이드 역시 우산도 없이 그냥 비를 맞고 걷기에 내 우산을 씌워주었더니 영국은 옷도 방수가 잘 돼 있고 산성비도 아니고 미세먼지도 없어 괜찮다며 웃는다.

버킹엄 궁전은 웅장하고 빼어났다. 왕의 권력을 상징하듯 은은

웨스트민스터 사원

템즈강 유람선

하면서도 화려하다. 여왕이 궁전에 있는 날은 정면 중앙에 로열 스탠다드 라는 깃발을 게양한다고 한다. 우리가 찾아간 날은 깃발이 내걸리지 않아 여왕이 궁전을 비운 날이라는 걸 알 수 있었다. 운이 좋으면 근위병 교대식도 볼 수 있는데 교대식은 보지 못했다. 영국 여행은 허락된 시간에 봐야 하는 아쉬움이 컸다. 짧은 시간에 많은 것을 마음 안에 담으려 했다.

모든 일에는 시작과 끝이 있다. 여행도 마찬가지이다. 마지막이라는 단어는 무언가 의미심장하다. 마지막 강의, 마지막 수업, 마지막 여행, 그 마지막 여행에 내가 서 있다. 가슴 뿌듯했던 시간에 많은 것을 보고 느끼고 체험했다.

짧다면 짧고 길다면 길었던 10박 12일의 서유럽 여정을 마무리한다. 아쉽지만 유종의 미를 거두고 돌아갈 집이 있음에 감사하다.

[2018. 8.]

우리나라 좋은 나라

여행하다 보면 여러 가지가 눈에 들어온다. 그 나라의 문화를 있는 그대로 받아들이고 체험하게 된다. 좋은 것도 있지만, 안 좋은 것도 있게 마련이다.

유럽 여행길에 크게 느낀 것은 내가 애국자가 되어 있다는 사실이다. 서울에서는 올림픽이나 월드컵 응원할 때 비로소 알게 되었지만, 여행하면서는 나라에 대한 고마움이 절로 솟구친다. 조국을 떠나본 사람만이 알 수 있는 깨달음이랄까. 절실하게 반성하게 된다. 저녁이면 살던 집 생각, 가족 생각, 친구들 생각에 고국이 그렇게 그리울 수가 없다.

유럽은 오래된 건물이 견고하고 신비스러울 정도로 그대로 남아있다. 그리 높지 않은 건물의 문양, 고전 양식, 작고 아담한 가게, 좁은 골목 등이 특이해 감명받았다. 높고 뾰족한 성당의 위용과 고풍스러움, 문화의 거리, 세계적인 박물관 등을 보면서 감동과 감탄의 연속이었다. 그러나 유럽이라고 다 좋은 것은 아니었다. 집 떠나면 고생이라는 말이 있듯, 물과 화장실 때문에 가는 곳마다 힘들었다. 곳곳에 편리하게 설치되어 있는 우리나라 화장실 문화가 그리웠다. 우리나라는 물을 사 먹긴 해도 식당에 가면 얼마든지 무료로 주지 않던가. 유럽 식당은 물은 주지만 더 먹으려면 눈치가 보이고 동유럽에서는 한 테이블에 한 병씩 사 먹는 경우도 있었다.

무엇보다 화장실 문화가 불편했다. 동전을 준비해야 하고, 화장실이 많지 않다 보니 줄을 서서 기다려야 한다. 슈퍼마켓에서 물건을 사면 그냥 보내주는 곳도 있지만 돈을 내야 하는 곳도 있다. "아니 여행객을 불러들였으면 화장실은 공짜로 보내줘야 하는 것 아닌가." 하지만 어쩔 수 없었다. 북유럽 5성급 호텔에 든 적이 있었다. 욕실이 작아서 몸집이 크거나 뚱보인 사람은 들어가기도 힘들게 생겼다. 지은 지가 오래되었고, 보수를 하지 않아 물이 잘 내려가지 않았다. 하필 우리가 가던 날 하수구가 막혀 물이 올라오는 바람에 목욕도 제때 못하고 당황스러웠다. 관리실에 연락해도 아무도 오지 않았다.

그날 우리가 묵은 호텔 욕실이 다 그래서 일행이 복도에 왔다 갔다 하며 사람을 기다렸지만, 끝내 나타나지 않아 포기하고 말았다. 그럴 때마다 살기 좋은 서울이 그리웠다. 가이드는 가는 곳마다 난민과 노숙자가 많으니 늘 도둑 조심하라 일렀다. 그 말을 귀에 못 박히도록 듣고 다녔다. 이상한 사람이 있으면 눈 맞추지 말고, 가방끈은 짧게 하고 앞으로 매라고 당부한다. 다니다 보면 여행보다는 도둑에 더 신경 써야 한다. 인솔자가 살뜰히 챙겨주어 일행에게는 아무도 접근하지 못했다. 가방을 빼앗기거나 잃어버린 사람이 없어서 다행이었다.

미켈란젤로 광장에서 사진 찍고 있을 때 몸집이 크고 잘생긴 남자가 웃으면서 다가왔다. 그는 남편 어깨에 손을 얹더니 태연하게 사진 찍으라는 시늉을 한다. 우리가 깜짝 놀라 크게 소리치자 웃으면서 어서 찍으라는 제스처를 계속한다. 이미 한 손은 남편 배낭에 가 있다. 계속 "NO!"라고 큰 소리치자 능청스럽게 웃으면서 자리를 떴다. 청바지와 흰 티셔츠 차림의 그는 잘생긴 배우 같이 이목구비가 뚜렷했다. 도둑 없이 다니며 자유를 만끽하는 우리나라가 얼마나 좋은 나라인지 실감했다.

서울서는 느껴보지 못했던 일을 유럽 여행에서 체험한다. 남의 떡이 더 커 보인다는 말이 있듯. 여행에서 좋은 것만 있는 것은 아니었다. 사계절이 뚜렷한 대한민국에 태어난 것을 자랑스럽게 여긴다. 산과 들 어느 곳에서도 자유로운 우리나라가 최고다. 맛있는 음식 골라서 먹을 수 있고, 물 실컷 쓰고, 화장실 마음대로 드나들어도 되는 우리나라가 좋은 나라다, 집 떠난 후에야 비로소 알게 된 화장실 문화와 물에 대한 감사가 새록새록 나를 철들게 한다. 사계절이 뚜렷한 우리나라가 최고다.

남의 속도 모르고

유럽 여행은 몹시 바쁜 일정으로 꽉 차 있다. 몸이 건강해야 따라갈 수 있는 프로그램이다. 먹고 잠자고 구경하고 걷고 이동하다 보면 하루가 훌쩍 지나간다. 그래서 건강할 때 여행 떠나라는 말의 의미를 이해하게 된다.

여행 첫날 독일 프랑크푸르트 공항에서 함께할 일행을 만났다. 다들 젊은이들인데 우리 부부만 나이 든 것 같아 마음이 쿵, 내려앉았다. 식당에서 밥을 먹어도 동작이 느린 우리는 젊은이들을 따라가지 못한다. 빨리 걷고 사진도 금방 찍고 서둘러 가이드를 따라다니는 대열에 끼지 못한다. 우리는 무엇이든 굼뜨고 느려서 식당에서 밥 먹을 때도 집에서처럼 천천히 먹고 화장실에 갈 때도 다들 민첩하지 못하니 자연히 맨 뒤에 서야 한다. 전용 버스에 오를 때도 다들 미리 와서 앉아 있으니, 뒤에 앉게 된다.

뒤에 앉으니 내릴 때도 맨 나중에 내리게 되어 꼴찌다. 잘못하다가는 우리가 눈총받게 생겼다. 가이드는 다 모일 때까지 기다리고 있으니 성큼성큼 걸어간다. 그 나라 현장 가이드는 우리를 잘 모르니 그냥 설명할 때도 있어 앞부분은 놓치기 일쑤다. 그러다 보니 서둘러 따라다녀야 한다. 평소에도 남편은 나보다 걸음이 느려서 바쁠 때는 좀 빨리 걸으라 채근하면 "양반은 천천히 걸어야 하는 거야"라고 터무니없는 양반 행세를 한다. 뭐가 급해서 빨리 걷느냐는 것이다.

이틀이 지나고 나서야 내가 묘안을 짜냈다. 남편 손을 잡고 걷는 거였다. 서울에서는 다른 사람 눈도 있고 쑥스럽기도 하여 손잡고 걷는 일이 드물지만, 여행할 때는 다르지 않은가. 남편에게 손잡아야 하는 이유를 설명하고 무조건 손을 잡았다. 함께 하려면 그래야 할 것 같아서였다. 어린아이도 아니고 아픈 사람도 아

니지만, 손을 잡고 걸으니 옆 사람들과 보조를 맞추게 되어 조금
은 덜 미안했다. 여행할 때는 앞좌석에 앉은 사람은 그 이튿날 뒤
에 앉으라 한다. 배려하여 돌아가며 앉으라는 것이다.

그러다 보니 맨 앞자리를 고수하던 사람들이 우리를 위해 앞
좌석을 남겨놓고 그다음 자리부터 앉아 있었다. 은연중 배려하는
것을 알게 되어 눈인사로 고마움을 표했다. 앞에 있으니, 먼저 내
리게 되어 식당도 먼저 가서 앉게 된다. 먹는 속도는 둘이 다 느려
도 일행과 함께 할 수 있으니 덜 미안했다. 여행은 남편 여름휴가
에 맞춰 일정을 잡았다. 다른 이들도 여름방학을 이용해 온 사람
들이 많았다.

나중에 인사하다 보니 부부가 온 사람이 다섯 팀, 초등학교 선
생님 부부, 대학교수 부부, 사업하는 여사장님 친구, 젊은 아가씨,
초등학생 등 가족이 많았다. 전용 버스가 정차하면 일행은 가이
드와 함께 여행 목적지로 향한다. 나도 내리면서 서둘러 남편 손
을 잡는다. 그러다 보니 우리가 좋은 그림으로 보였나 보다. 한번
은 교사 부부가 웃으면서 다가왔다. 둘이 손잡고 다니니까 보기
좋다며 두 분이 어쩌면 그렇게 다정하냐고 묻는다.

“저희 부부도 나중에 늙으면 선생님들처럼 손잡고 다니자고 했
어요”라며 웃는다. “그게 아니고요. 우리 걸음이 느려서 계속 늦게
되잖아요. 그래서 뒤처지지 않으려고 손잡은 거예요,” 교사 부부
와 우리는 서로 쳐다보며 웃고 말았다. 일행과 열흘을 동행하다
보니 서로 챙겨주는 가족 같은 분위기에서 나온 말이다. 손잡고

걸으니 보기 좋다고 눈 세례를 보낸다. 남의 속도 모르고 하는 말에 웃었지만, 손잡고 걸으니 일행과 발걸음도 맞추게 되고 순조로웠다. 사람 많은 곳에서 서로 찾지 않아도 되고, 금방 확인할 수 있어 좋았다.

티격태격하던 우리가 여행지에서는 드라마에서 보았던 다정한 부부가 되어 지냈다. 여행 자주 하고 볼 일이다.

3
대자연의 예술품,
북유럽

보너스 시간

북유럽 여행 이틀째, 북유럽 최고의 건축물 스웨덴 스톡홀름 시청사 투어에 나선다. 건물 갈색 벽돌이 고전적이면서도 우아하다. 아침이어서일까, 벽을 타고 오르는 파란 담쟁이넝쿨이 맑은 햇살에 반사되어 푸른 잎이 반짝거린다. 마치 참기름을 발라놓은 것 같다. 자연적인 멋을 그대로 살려둔 것일까. 외관이 멋있는 옷을 차려입은 것 같다. 이런 모습은 서울에서도 가끔 만나는 풍경인데 이곳에서는 왜 새롭게 보이는 걸까. 건물이 고풍스러워서일까.

그동안 집 벗어나는 일이 쉽지 않았다. 그래서인지 이런 호사를 누려도 되는 걸까 하는 생각이 든다. 동 탑 위 황금 초승달이 호수를 내려다보고 있다. 아치형 기둥이 멋스럽고, 시민들의 휴식 공간으로 사용되는 작은 공원 잔디와 분수도 편안해 보인다. 모두가 자유와 평화의 모습이다. 그 안에서 유유자적하는 사람들은 자연과 더불어 한 폭의 풍경을 만들어내고 있다. 내 글도 이런 편안함이 느껴진다면 얼마나 좋을까.

그 앞에 멜라렌 호수 저 건너 작은 배들이 닻을 내리고 있어서 일까. 베네치아가 연상된다. 현지 가이드의 해박한 설명을 들으며 노벨문학상 수여하는 스톡홀름 콘서트홀 내부로 들어간다. 벽면에 알프레드 노벨 기념 조각판이 새겨져 있다. 이곳이 노벨문학상 시상하는 자리라니 감회가 새롭다. 붉은색 카펫이 먼저 눈에 들어온다. 바닥도 붉은색, 나무 의자 등받이도 붉은색이다. 붉은색은 좋은 기운을 불러들이고 귀신을 쫓는 색으로, 재수도 있고 불같이 일어나라는 염원과 건강해지라는 뜻이 담겨있지 않은가.

서양에서도 이를 중요시 여겨 빨간색으로 꾸며놓은 게 아닐까,

내가 만약 노벨문학상을 타러 이곳에 왔다면 어떤 기분이 들까. 얼마나 많이 노력해야 세계적인 문학상을 받는 걸까. 상상력은 우리가 세상을 바꿀 힘을 길러주고, 말하는 대로 이루어진다고 하지 않던가. 괴테는 '꿈을 계속 간직하고 있으면 반드시 실현할 때가 온다'라고 했다. 그렇다면 꿈은 얼마든지 꾸어도 되지 않을까. 강당은 텅 비어 있다, 잠시 후, 다른 나라 여행객이 단체로 들어와 자기네 나라 언어로 설명을 듣는다.

시의회 위원과 방청객이 앉을 수 있는 의자가 무려 120여 년이 되었다고 한다. 어쩐지 소박하고 정갈한 느낌이 든다. 노벨문학상을 타는 사람 본인에게는 위대한 업적이고, 국제적 인정을 공고히 하는 중요한 순간이 되지 않던가. 어마어마한 상금은 물론 그 나라는 국가적 경사라 생각하니 쉽게 발길이 떨어지지 않는다. 일행이 다 나가도 나는 주춤주춤 머물러 있다가 맨 나중에 나왔다.

노벨문학상 시상식장

천장의 배모양

황금의 방

복도 천장은 바이킹 시대의 배를 뒤집어 놓은 듯한 형상이라고 한다. 100여 개의 독특하고 견고한 문양이 눈길을 끈다. 이는 시의원 한 사람 한 사람을 상징한다니, 스웨덴 의회 100여 명의 정신이 고스란히 담겨있는 것이다. 노벨 시상식이 끝나면 참석자들은 만찬을 즐기기 위해 이층 황금 홀로 올라가 축하 파티 무도회를 이어간다. 이곳에 초대된 여인들은 롱드레스를 입고 우아하게 계단을 오르며 연회장으로 모여든다. 넓은 홀 안 앞쪽은 금박모자이크로 장식된 커다란 멜라렌 여신상이 압도적이다.

손도 크고 발도 크다. 황금색 모자이크가 빛나 화려하면서도 웅장한 면모를 갖추고 있다. 스웨덴의 수도인 스톡홀름은 북유럽의 베네치아라는 별명이 붙을 정도로 물과 자연이 도시와 함께 어우러져 있다. 세계에서 복지 제도가 잘 된 국가 중 하나이고 평화로움의 상징이 된 나라다. 노인 인구가 많지만, 대신 태어나는 아기 수는 한국보다 많은 편이라고 한다.

노벨문학상 시상하는 자리에 다녀간다는 사실이 귀중한 보물을 얻은 양 오달지다. 여행하는 맛도 이런 흐뭇함이 아닐까. 내가 있는 자리에서 내 역할을 다하며 살아갈 때 주어지는 보너스가 아닐까 싶다.

[2019. 8.]

바사호박물관 입구

바사호박물관 내부

전시되어 있는 배

욕심이 화를 부른다
– 비운의 전함 바사호

스웨덴에서 가장 오래된 전함 바사호 박물관으로 향한다. 가이드의 조언으로 아침 일찍 서둘렀더니 일행만 줄을 서는 행운을 누렸다. 여행지에서는 줄 서는 일도 시간 낭비여서 되도록 빨리 움직여야 하지 않은가.

배를 닮은 박물관은 인양된 바사호만 전시하는 특이한 박물관이다. 외관이 배 모양을 닮아 인상적이다. 바사호는 1628년 8월 처녀 항해하다가 출항한 지 30분 만에 수많은 사람이 지켜보는 가운데 침몰하였다. 당시 승선했던 사람 대부분은 배와 함께 그대로 가라앉아 333년 동안 바닷물 속에 잠겨 있다가 1961년 인양되었다. 놀라운 것은 배의 원형이 거의 그대로 보존되어 있다는 사실이다. 이 전함은 스웨덴 국력을 과시하기 위해 왕실에서 만들었다고 한다.

애초에 계획했던 것보다 더 많은 수의 포를 싣는 바람에 배 균형을 유지하지 못하고 돌풍에 휩싸여 침몰했다고 한다. 배를 만든 구스타프 2세의 무리한 간섭과 설계변경으로 인해 가라앉을 수밖에 없는 구조가 화근이었다. 사람의 욕심이 화를 불러온 결과였다. 우리나라도 세월호 사건으로 많은 학생이 희생되어 가슴 아픈 일을 겪었는데, 그 옛날 스웨덴에서도 한 사람의 욕심으로 큰 사고를 당했으니 과유불급 아닌가. 전시장으로 들어서자 엄청난 규모의 배가 눈앞에 펼쳐져 있다. 여행자의 눈이 휘둥그레진다.

원형 95%에 달하는 완벽한 모습 그대로라는 설명이다. 세계 각국의 관광객이 집채만 한 배 형체를 돌아보며 사진 찍고 살펴본다. 많은 사람 눈동자가 반짝이며 바삐 움직인다. 17세기 군함치고는 규모가 크고 전함이라고는 하지만, 배 전체가 180여 개의 조각으로 장식되어 있다니 화려함의 극치를 보여준다. 바닷물에 가라앉았던 배라고는 상상이 안 된다. 특히 배 꼬리가 사자 머리로 스웨덴 상징을 나타내서 부와 권력을 좌우하는 것으로 보인다. 그물막으로 덮여 있으나 매우 견고하면서도 문양이 화려하다.

박물관은 3층으로 바사호만 전시하고 있다. 공자는 제자들에게 과유불급에 있어 '정도를 지나침은 미치지 못함과 같다'라는 사자성어를 가르쳤다. 지나침과 부족한 모두를 경계하며 중용(中庸)의 중요성을 강조한 것이다. 역사 속으로 사라진 비운의 바사호 박물관을 나서며 사람도 무게 중심을 어디에 두어야 하느냐에 따라 가라앉을 수도 있다는 교훈을 배운다. 모든 일에 욕심이 화를 부른다는 진리를 깨닫는다.

[2019. 8.]

문화 예술의 도시
– 감라스탄

사회 정치, 경제 활동의 중심지인 도시는 어느 곳이든 건물이 많고 사람들이 활발히 움직인다. 오래된 도시를 의미하는 스웨덴 감라스탄 거리도 마찬가지였다. 우리나라 인사동 같은 분위기의 도시는 재건하지 않아 살아있는 박물관으로 불린다. 유럽 전체에서도 중세 시대 모습이 그대로 보전된 마을로 색다른 건축물이 광장 주위에 성처럼 둘러서 있다.

감라스탄 중심에 있는 스토르토리에트(Stortorget) 광장에 들어서니 담소를 즐기는 사람이 많았다. 예술적인 건물들이 다양하다. 알록달록하지만, 차분한 이미지에 그리 높지 않아 시대적 배경이 있음을 알려준다. 대부분의 내부는 카페, 레스토랑 등으로 개조되어 사용하고 있다고 한다. 기네스북 2위에 오른 카페도 있다. 그만큼 오래된 상점이나 골동품이 많아 운 좋으면 15세기 이전 바이킹 시대 물건을 살 수도 있다니 정말 그럴까 싶었다.

우리나라도 오래된 건물을 헐고 새로 짓기보다는 시골집을 이용한 관광객 유치는 어떨까. 무쇠솥에 불을 때서 밥을 하던 모습,

스웨덴 근위병 행진

스웨덴 감라스탄 거리 골목길

감라스탄 거리 선물가게

툇마루에서 다듬이를 두드리던 풍경, 제기차기 윷놀이 등의 프로
그램을 만들어 여행하는 사람들을 불러들이면 어떨까. 혼자만의
생각이 넘칠 때 눈요기만 해도 즐거운 선물 가게 앞을 지난다. 작
은 인형들이 아기자기하다. 지나는 사람들 모습이 편안함이 묻어
난다. 건물에 창문이 많아 이색적이다. 왕궁, 국회의사당, 오페라
극장, 대성당 등에서 예술적인 분위기가 느껴진다. 증권거래소는
노벨상 수상자를 뽑는 아카데미 본부가 있고, 노벨 박물관 앞은
사람들이 많이 모이는 장소로 유명하다. 일정상 광장 설명만 듣
고는 코앞에 있는 노벨 박물관에 들르지 못해 아쉬움이 컸다.

작은 것 하나에도 의미를 부여해 사진 찍는 여행객에게서 행복
한 미소와 시선을 본다. 그동안 열심히 살아온 보상 아닐까. 특히
밤이 되면 세계 각국 젊은이들이 모여든다고 하는데, 여행을 즐기
려는 것이리라. 지금은 스톡홀롬의 부자들이 모여 사는 고급 주
택으로 거듭났다고 한다. 음식값도 부담스럽지 않고 스웨덴의 전
통 요리를 즐길 수 있어 주머니가 가벼운 여행자에게 인기 있는
곳이라고 한다. 제일 좁은 골목길로 들어선다. 가만 보니 한두 사
람 겨우 지나갈 정도의 틈이어서 관심거리가 되었나 보다. 이쪽에
서 지나가야 저쪽에서 겨우 올 수 있는 구조다. 이 거리에 언제 다
시 올까 싶어 한참 기다려서 나도 셔터를 눌러대며 통과한다.

골목을 돌아 나오다가 왕궁으로 들어가는 근위병 행진을 보았
다. 경복궁, 덕수궁에 갔을 때 운 좋게 만나던 수문장 교대식이
스웨덴 근위병 모습에 겹친다. 흐뭇했던 기억이 새삼스럽다. 서울

에서처럼 가던 길을 멈추고 신기한 듯 유심히 바라본다. 근위병 걷는 모습이 획일화되어 많은 시간 연습했음이 입증되는 순간이기도 하다. 스웨덴 왕궁의 위력을 엿보는 듯하다. 어느 나라이건 이런 모습은 단체복 입은 것만으로도 장엄하다. 그 나라의 상징이 되기도 하지 않던가. 세계 최고의 복지를 누리고 사는 나라답게 편안하고 활기가 넘쳐난다. 문화 예술의 도시 스웨덴에서의 여정은 오래된 건물의 고풍스러움이 기억에 남는다. 언제든지 꺼내 볼 수 있는 추억 하나를 만들었다.

[2019. 8.]

김자인
짧은 여행, 긴 여운

인간의 본성 비겔란 조각공원

이른 아침 스웨덴에서 전용 버스를 탄 채로 노르웨이 국경을 넘는다. 언제인가 텔레비전에서 보았던 유럽의 전나무 숲을 지나니 마음이 부쩍 술렁거린다. 이 나라에서는 어떤 생경한 모습을 볼 수 있을지 기대감과 이국적인 풍경에 가슴이 마구 뛴다. 맑고 청청한 기운이 버스 안으로 스며드는 느낌이다.

숲속의 예쁜 집들이 휙휙 지나간다. 노르웨이는 인구 오백오십만이 살고 있다. 바이킹족으로 해적이 유명하고, 복지 제도가 잘 돼 있어 살기 좋은 나라다. 병원에 가는 게 무료, 교육도 대학까지 나라가 책임져 준단다. 어느새 오슬로 비겔란 조각공원 입구에 도착했다. 가이드의 설명을 듣고 있을 때 한국인 대학생 현지 가이드가 반색하며 인사한다. 이곳 대학에 유학 왔다가 복지 제도가 너무 잘 되어있어서 눌러살게 되었다며 웃는다.

우리나라 대학생이 다른 나라에 와서 현장 가이드로 고국에서 온 여행객을 안내하니 흐뭇하다. 북유럽의 로댕으로 불린다는 구스타브 비겔란(Gustav Vigeland, 1869~1943)은 노르웨이를 대

비겔란 조각공원

비겔란 공원의 조각 작품들

남자 아기의 나상

표하는 세계적인 조각가다. 작품을 만든 주인공 이름을 따서 공원 이름을 지었다 한다. 40여 년간 제자와 함께 작업한 걸작 212점이 전시되어 시민에게 무료 개방하고 있다. 한 사람의 위대한 업적이 후대에게 어떤 영향을 미치는지 알 수 있는 대목에 고개가 숙어진다. 그의 작품은 인간의 내면 감정을 표현하였는데, 끝내 완성하지 못하고 생을 마감했다고 한다. 테마별로 구성되어 있다는 가이드의 막힘없는 설명에 공부 많이 했구나 싶었다.

길게 이어져 있는 프로그네르 공원은 아침이라 그런지 사람이 드물고 한적하다. 드넓은 잔디에 꽃과 나무의 조화로움 속에 가족과 도시락 싸 들고 소풍 와도 좋을 것 같은 풍경이다. 다리 양옆으로 청동과 주철, 화강암과 석등의 조각상이 여러 형태의 모습으로 적나라하게 표현되어 있다. 사실적이고 역동적이다. 대형 조각에서 작은 조각까지 각양각색의 형상이 흥미롭다. 조금 걷다가 청동으로 만든 남자 아기에 시선이 멈췄다. 얼굴을 몹시 찡그리고 불편한 기색이 역력하다. 가이드는 이 아기의 나이가 몇 살인지 아는 사람? 하고 묻는다. "세 살이요." 대답하자 "맞아요. 세 살이에요." 한다.

아기 고추를 만지면 남자아이를 생산한다는 속설이 있어 아들 낳으려는 분들 손이 타서 청동이었던 심볼이 금동으로 변해있다는 설명에 웃음이 빵 터졌다. 정말 아기 왼쪽 손과 심볼이 손때가 묻어 색깔이 변해있었다. 이런 속설은 어느 나라나 공통점이 있구나 싶었다. 모놀리트(Monolith)라는 작품은 가장 인기 있는 장소라서인지 들어올 때 한적하던 공원이 인파로 북적인다. 탑의 높이가 무려 17m라니 한참 올려다봐야 한다. 남녀노소 121명이 뒤엉켜 위에 오르려 몸부림치는 듯한 이 작품 앞에서는 많은 생각이 든다. 누구나 태어날 때는 알몸이지 않은가. 그런 사람이 먼저 출세하고 싶어 위에 오르려 애쓰는 모습에 작가의 의도를 짐작할 수 있었다.

이 작품을 완성하는 데는 무려 14년이 걸렸다고 한다. 사람은 누구나 자신의 자리에서 더욱 높은 곳에 오르려 한다. 분수에 넘치게 무언가를 탐내거나 누리고자 하지 않던가. 욕심부리다가 화를 부른다는 말이 있듯 무엇이든 적당히 해야 하리라. 옆의 작품은 할아버지와 할머니가 생각에 잠겨 앉아 있다. 할머니는 왜 그러느냐는 듯이 할아버지 어

17m높이의 모놀리트: 남녀노소 121명이 뒤엉켜 위로 오르려 몸부림치고 있다.

깨에 손을 얹고 조심스럽게 말을 건네는 표정이다. 한세상 살아가려면 어려운 일이 얼마나 많은가. 서로 의지하고 살아야 하는 부부애가 느껴진다. 나도 자신의 분수를 넘어 과도한 욕심을 부리며 살지 않았는지 돌아보게 한다.

남녀노소 알몸인 석상을 바라보며 조금 민망하기도 하였지만, 나이를 가늠할 수 있어 그 발상이 놀라웠다. 수많은 사람의 표정이 투박하면서도 역설적이고 자연스러운 표상도 있다. 관광객의 자유로운 감상을 위해 명제는 없다고 한다. 깊은 뜻의 설명을 듣고 나니 고개가 절로 끄덕여진다. 망치와 조각칼을 들고 정면을 응시하고 있는 구스타브 동상에서 평생 조각의 길을 걸어온 거장의 위엄이 느껴진다. 욕심은 단순히 바라는 마음뿐만 아니라, 얻고자 하는 마음, 누리고자 염원 등을 포함하고 있다. 불교에서는 탐욕을 삼독 중 하나로 보고 욕심을 버려야 깨달음을 얻을 수 있다고 말한다. 기독교에서는 욕심을 버리고 하나님께 집중해야 한다고 가르치고 있지 않은가.

욕심은 권력에 대한 욕심, 물질, 명예, 음식에 대한 욕심, 사회적 지위에 대한 욕심, 즐거움에 대한 욕심 등 다양하다. 욕심은 지나쳐도 문제가 되고 없어도 문제가 된다. 그러나 적당한 욕심은 살아가는데 큰 동기부여가 되기도 하지 않던가. 내 건강을 위해 여행하는 욕심도 시간 조절을 적당히 해야 하겠지만, 인간의 본성임을 어찌하랴.

[2019. 8.]

오슬로 시청사 그림과 부조

오슬로 시청사 내부

자유와 평화
- 오슬로 시청사

노르웨이는 평화의 나라다. 연어만 잡아도 온 국민이 잘 살 수 있는 나라로 알려져 있다. 세계 최고의 복지국가로 국민은 최고 수준의 삶을 누리고 있다. 1970년대 북해 유전과 천연가스가 발견되어 국가에 막대한 부를 안겨주고 있다고 한다. 그 전체를 국민 복지에 쓴다고 하니 부럽기만 하다.

여행 시간에 따라 오슬로 시청사로 향한다. 노벨평화상 시상하는 자리에 간다니 전날 노벨문학상 타는 스톡홀름에서처럼 마음이 들뜬다. 여느 도시 못지않은 건물 풍경에 시선이 멈춘다. 스웨덴 노벨문학상 받는 곳이 소박했다면 평화상 받는 자리는 수수하고 평범한 넓은 강당이다. 화려하지 않아 소도시의 시골 강당 같은 느낌이다. 어제도 그랬지만 시상식이 열리는 자리라 은근히 기대했는데 평범해서 의외였다. 호화로운 집기들이 있었다면 오히려 불편할 뻔하였다. 강당은 천장이 높아 2층으로 올라가는 계단이 길게 이어져 있다. 방금 웨딩드레스 입고 계단을 오르던 신부의 모습이 신선하고 정겹다.

아마도 이곳에서 결혼식이 열리는가 본데 우리나라처럼 복잡하지 않고 조용한 걸 보니 조촐한 결혼식이 치러질 모양이다. 어느 나라이건 결혼은 새뜻하고 그 자체만으로도 귀하게 여겨지지 않던가. 조금 있으려니 2층에서 아름다운 노랫소리가 들려온다. 방금 올라간 신부의 결혼식이 시작된 것 같다. 성스러운 결혼을 마음속으로 축하하며 식이 진행되는 동안 아래층에서 김대중 대통령의 노벨평화상 받는 장면을 떠올린다. 시청 내부는 시민 미술관으로 그림이 옆으로 죽 전시되어 있다. 1, 2층 돌아가면서 빼곡하다. 노벨평화상을 주는 자리이지만, 세계적인 미술관이기도 하단다.

현관 위쪽의 벽화는 농부, 어부, 노동자, 벌목공까지 노르웨이의 정체성을 이룬 다양한 직업인을 모았다고 한다. 알프 롤프센(1895~1979)의 벽화로 알려져 있다. 여러 사람의 자유분방한 모습은 평화를 뜻하는 것일까. 그림에 문외한이니 상상하고 유추할 뿐이다. 유럽에서 가장 크다는 유화와 노르웨이의 화가 뭉크가 그린 그림도 있다고 귀띔해 준다. 노벨평화상은 알프레드 노벨의 유언에 따라 노르웨이 노벨위원회에 의해 수상자가 결정된다. 수상식은 다른 분야와 달리 유일하게 오직 노르웨이 수도인 오슬로에서 열린다.

매년 10월 노벨위원회는 각국 전문가 1,000여 명에게 서한을 보내 평화상 후보자 추천을 받고 12월에 수상한다. 수상자가 선정되기까지는 명단을 공개하지 않고 철저히 비밀에 부쳐진다. 이 상은 학문적 성취와 무관하고, 인류 평화에 이바지한 공노가 인정된 사람에게 수여하는 거라, 많은 지도자가 이 상을 받고 싶어 하지 않을까. 여행은 새로운 세계에 대한 갈증을 해소한다. 모르고 있던 것을 알게 될 때 기쁨이 충만하다. 시청사를 나와 걷다가 보니 풍경 하나가 눈에 들어온다. 뜨거운 태양 아래 분수가 쏟아져 나오고 그 안에 아이들이 좋아라 물장구치고 있다.

자유분방한 어린아이들 모습에 '자유와 평화'라는 낱말이 떠오른다. 더불어 오후만 되면 가게 앞에 나와 앉아 맥주를 마시는 유럽 사람들의 여유와 평화로움은 늘 동동거리는 나를 돌아보게 한다. 길거리에서 바이올린 켜며 노래하던 청년과 지나는 사람들의 여유가 평화스럽다. 이곳은 구석구석 기분 좋은 만남이 가득한 곳이다. 세계의 평화, 나라의 평화, 가정의 평화, 나 자신의 평화, 단체의 평화 등은 모든 것을 이롭게 한다. 마음이 편안하면 행복하지 않던가. 요즘 분쟁하는 국가들이 걱정스럽다. 우크라이나와 러시아. 이란과 이스라엘 국민은 얼마나 불안할까.

전쟁은 모든 것을 빼앗아 간다. 자유와 평화, 사랑, 행복까지도 집어삼킨다. 우리 모두 지구촌에 살고 있는 형제로 서로 돕고 의지하며 산다면 세계 평화의 날도 오겠지 싶다. 노르웨이 오슬로에서 '자유와 평화'라는 낱말의 의미를 되새기고 있다.

[2019. 8.]

버스 안에서 바라본 안개 구름이 드리운 노르웨이 풍경

송내피오르드 관광 유람선에서

절벽에서 쏟아지는 폭포

피오르드의 매력
– 자연이 빚어 놓은 예술 작품

오전 6시 30분, 이른 새벽에 아침 식사를 한다. 이 시간이면 밥
도 들어가지 않을 텐데 여행 일정에 따라다녀야 하는 몸이 체력
을 위해 식사도 잘한다. 맛있는 빵과 채소, 우유를 먹고는 서둘러
전용 버스에 오른다.

오늘 일정은 노르웨이에서 가장 긴 송네피오르드와 빙하박물
관이다. 빙하가 침식하면서 만들어낸 U자 모양의 계곡과 같은 굴
곡진 해안을 말한다. 노르웨이어로 '내륙으로 깊이 들어간 만'이라
는 뜻이다. 수심이 1,307미터로 피오르 가운데 가장 깊다고 한다.
볼거리가 많은 곳이라니 기대감이 증폭된다. 바다 염도가 높아 겨
울에도 얼지 않고 매우 평온하다는 그곳에 가기 위해 전용 버스
로 산비탈을 오른다. 강원도의 대관령 길은 비교가 안 될 정도로
가파르고 꼬불꼬불하다. 전날 비 온 뒤라 날씨가 쾌청해서 한여름
인데도 청명한 가을 날씨 같은 느낌이다.

한참을 오르고 내리막길을 가는데 산을 끼고 깔린 안개구름이
타고 가는 버스 앞에 무지개와 함께 펼쳐져 있다. 하얀 구름은 산

을 에워싸고 쇼하는 것 같다. 자연이 빚어놓은 예술 작품에 다들 탄성을 지른다. "어머, 저기 좀 보세요. 우와," 여행객이 이쪽 배경 저쪽 풍경을 찍느라 버스 안에서 야단법석이다. 산 아래 무지개가 뜨고 그 위에 푸른 산, 하얀 구름이 손에 잡힐 듯 눈을 어디에 두어야 할지 모르겠다. 경탄의 소리가 세탁기 안 빨래처럼 쇼용돌이 친다. 버스도 관람하느라 느릿느릿 걸어간다. 강원도 태백으로 가족 여행을 갔을 때였다. 저녁 시간에 불꽃놀이가 시작되었다. 그때 수많은 관광객이 소리치던 함성이 그 아침 버스 안에서 터져버릴 줄이야.

이런 광경 처음인 듯, 일행 모두 감탄사를 연발한다. 구름바다 위에 산과 하늘이 층층 계단을 이루고 있다. 장관이다. 아침 햇살을 받아 푸른색은 더 선명하다. 자연이 빚어 놓은 예술 작품 안에 내가 들어와 있는 듯한 착각이 든다. 게이랑에르가 우리를 반겨주는 것 같다. 다 내려가면 저 산 아래 몽실 구름이 손에 잡힐 것만 같다. 버스에서 내리니 구름은 저만치 가버리고 수정같이 맑은 호수가 나타났다. 바다이지만 호수 같은 바다, 병풍처럼 둘러쳐진 절벽, 깊은 협곡 사이의 맑은 호수, 신은 어찌하여 이렇게 귀한 그림을 그려놓고 나를 초대하신 걸까.

드디어 출발, 타고 온 버스도 함께 싣고 가는 크루즈선은 헬레쉴트로 향한다. 미지의 세계로 40분 정도 소요될 예정이라고 한다.

갑판 위로 올라가니 피오르드 양쪽으로 늘어선 산들은 여러 개의 폭포를 선보이며 멋진 자태를 드러내고 있다. 자연 앞에 인간이 얼마나 작고 초라한지 새삼 알게 된다. 산 아래 2~3층의 그리 높지 않은 집들이 피오르드와 조화를 이뤄 멋진 그림을 보여준다. 유람선이 협곡을 돌아 나오자, 산과 하늘, 구름이 물살에 내려앉아 거울처럼 비춘다. 여행객이 미끄러지듯 떠나는 크루즈에 각 나라 언어가 또다시 출렁거린다. 신부의 면사포 같다는 '칠 자매 폭포'에서 극치를 더한다. 정상에서부터 나란히 내려오는 일곱 개의 물줄기가 마치 둑이 터진 듯 줄기차다. 절벽으로 이어지는 구간에도 폭포는 여전히 물줄기를 내뿜는다. 웅대하고 장엄하다.

노르웨이는 독특한 지형과 아름다운 풍광으로 관광객을 불러 모은다. 가파른 기암절벽 사이로 흘러내리는 폭포, 그 아래 펼쳐진 바다 같은 강물이 조화를 이뤄 그림 같다. 자연이 주는 경이로움이 피오르드의 매력이지 싶다.

[2019. 8.]

빙하 박물관에서

북극 지방 빙하가 빠른 속도로 녹아내리고 있다는 소식이다. 편리함만을 좇는 사람들이 배출하는 이산화탄소와 메탄가스가 지구를 오염시킨 결과이다. 빙하가 녹으면 해수면이 상승하고 북극곰의 서식지가 줄어든다고 한다. 지구 온난화 문제가 오래전부터 심각한 상태라고 알려졌어도 나는 남의 일처럼 실감하지 못했다.

빙하박물관은 유럽 대륙에서 가장 큰 요스테달 빙하 아래 계곡에 있다. 전용버스가 한적한 도로를 끝없이 달린다. 차창 밖 능선이 하얗다. 햇살이 쨍쨍한데, 만년설 광경이 영화의 한 장면처럼 획획 지나간다. 승용차를 탄 사람들은 차에서 내려 빙하를 배경으로 사진 찍는다. 어디쯤 왔는지, 까무룩한데 박물관에 도착했다고 내리라고 한다.

웅장하리라 상상했는데 의외로 박물관이 작고 아담했다. 스키장처럼 길고 낮은 차양이 입구를 장식하고 있다. 독특한 형태의 건축물 옆에는 빙하시대에 살았던 가족인 듯한 맘모스 세 마리가 조형물로 전시되었다. 맘모스는 480만여 년 전부터 4천 년 전까지 존재했던 포유류라고 하는데 처음에는 코가 길어 코끼리인 줄 알았다고 한다. 마지막 빙하기(1만 년 전) 때 멸종한 것으로 추정한다.

영화관에서는 파노라마 형식으로 영상을 보여주어서 감동이었다. 앞으로는 이런 영상 볼 수 없을까 봐 은근히 걱정된다. 빙하에 의해 만들어진 피오르드는 그 수심을 가늠할 수 없었다. 가파른 측면은 높은 절벽을 이루고, 폭포에 쏟아지는 물이 장관이었다. 흰색 북극곰 한 마리가 우뚝 서 있어 진짜인가 깜짝 놀랐다. 내 키보다도 훨씬 크다. 캐나다에서 기증받은 것이라고 하는데, 먹을 것을 찾아 민가로 내려와서 사람을 해친 녀석을 잡아 박제해 놓은 것이라고 한다. 이 또한 지구 온난화로 인해서 벌어진 일이었으니 희생된 사람도, 곰도 안타깝다. 그 옆으로 작은 얼음덩어리가 돌 위에서 녹아내리고 있다. 실지로 빙하에서 채취한 얼음인데 너무 차가워서 손으로 만질 수도 없다. 많은 사람이 "앞으로

큰일이네요."하는 말에 나도 공감한다.

빙하가 녹아내려 북극곰 서식지가 없어지는 것은 심각한 사회 문제로 대두되고 있다. 가정주부인 내가 할 수 있는 일은 오로지 쓰레기 줄이기, 에너지 절약, 친환경제품 사용하기, 대중교통 이용하기 등등이 아닐까. 그것만이라도 실천한다면 조금은 나아지지 않을까. 다 쓴 비닐봉지는 난전의 할머니에게 갖다드리기도 하지만, 사용한 봉지라서인지 받지 않는 분도 계셨다. 나름대로 환경을 생각해서 시장 가방을 가지고 다니지만, 도움이 될까 싶다.

오래전 일이다. 실버넷뉴스에 〈나 하나만이라도〉라는 제목의 칼럼을 써서 발표한 적이 있다. '비닐, 플라스틱 일회용 컵 사용 줄이기'라는 부제도 달았는데 앞부분을 옮겨 본다. "얇고 부드러운 비닐봉지는 가격도 싸고 물에 젖어도 새지 않는다. 입구를 막으면 냄새도 나지 않아 음식물 보관에도 좋고 옷이나 책 등을 운반할 때 쇼핑백으로도 훌륭하다. 종이봉투보다 편리하지만, 인공 화합물이기 때문에 환경에는 좋지 않다."로 시작한 글이다. 아직도 실버넷뉴스에는 남아있다.

내 작은 실천이 세상을 바꿀 수 있다면 그보다 더 좋은 일은 없지 싶다. 나 한 사람만이라도' 환경오염을 염두에 두고 작은 실천부터 해야겠다.

[2019. 8.]

세계 10대 아름다운 철길
– 플롬 산악 열차

모든 것은 지나간다. 좋은 일이든 궂은일이든 흘러서 간다. 지나고 나면 아무것도 아닌 것을 그때는 그렇게 힘들어하고 스트레스에 시달린다. 여행하면서 낯선 분위기에 어울리다 보면 지나간 시간은 아무것도 아님을 깨닫는다.

산악 열차를 타기 위해 플롬(Flam)역에 도착했다. 이른 아침인데도 관광객이 많이 와 있다. 우리는 일찍 와서 옷 가게 매장을 돌며 시간을 보낸다. 매장은 우리나라와 별반 다르지 않다. 옷, 신발, 가방, 모자, 배낭 등 다양한 물건들이 진열대에 놓여 손님을 기다린다.

드디어 오전 8시 35분 출발하는 산악 열차에 몸을 싣는다. 기차 안은 마주 보고 앉게 되어 있다. 운 좋으면 오른편 차창 쪽에 앉게 된다는데 내가 그 행운을 누리게 되었다. 기차가 출발하자 모든 시선이 오른쪽 차창 밖으로 향한다. 열차 안에서 보는 풍광에 매료되어 가면서도 연신 감탄사가 절로 나온다. 내가 처음 기차를 타 본 기억은 아마도 일곱 살 때였던 것 같다. 인천 이모님

댁에 가기 위해 수인선 기차를 탔는데, 가슴이 울렁거렸다. 시흥시 원곡역에 있는 협궤열차를 타려면 집에서 1시간은 족히 걸어가야 한다. 당시 그 기차는 인천 송도에서 수원까지 가는 꼬마 기차였다. 곡식이나 나물을 해다 팔러 가는 시골 사람들에게 없어서는 안 될 소중한 교통수단이었다.

소래포구를 지날 때면 겁이 더럭 난다. 기차가 공중으로 떠가는 것만 같아 바다에 떨어지면 어쩌나 하는 조바심에 가슴이 콩닥거린다. 달리는 기차 안에서 사람들이 많은 쪽은 기차 무게 때문에 넘어갈까 봐 반대편에 서서 조마조마했던 60년 전 일이 생경하다. 그때 설레던 마음을 노르웨이 산악 열차에서 새삼 느낀다. 기차는 플롬역에서 뮈르달까지 20km 거리인데 1시간 정도 걸린다고 한다. 여기서도 한국인이 많아서 여행 문화의 실체를 실감한다.

첫 번째 안내 방송이 한국어로 나와 귀를 의심하다가 깜짝 놀랐다. 한국 사람들이 와! 손뼉 치며 환호성을 지른다. 안내 방송에 대해 우리말로 화답하고 있는 게 아닌가. 그만큼 우리나라의 위상이 높아져 있음을 상기하는 것이리라. 앞과 뒤를 봐도 한국 사람들이 많이 있어 흐뭇하면서도 놀라웠다. 기분 좋은 아침이다. 플롬 노선은 세계 10대 아름다운 철길로 손꼽힌다. 기차는 달릴수록 신비롭고 경치가 빼어났다. 멋진 절경을 손님에게 선물하면서 달린다. 기차가 천천히 가는 이유를 알 것만 같다. 한참 달리던 기차가 효스포센 폭포에서 10분 정도 쉬어 간다는 안내 방송이 나온다. 다들 기차에서 내려 건너편을 바라보니 세찬 물줄기가

효스포센 폭포. 멀리 금발의 여인이 보인다

플롬역

산악열차

하얗게 부서져 내린다. 듣던 대로 저 멀리 중간쯤에서 금발의 미녀가 나온다. 빨간색 원피스를 입은 여성은 너울너울 춤을 추며 나타났다. 마치 요정 같다. 여행객은 두 팔 벌려 목이 터져라 소리 지른다. 다시 못 볼 것처럼 아우성친다. 감탄사를 연발하며 폭발적인 반응을 보인다. 이럴 때는 어른이 아니라 다들 어린아이 같다. 우리를 향해 손 흔들며 춤추던 여인은 금방 사라졌다가 다시 나타난다. 하얀 물줄기에 검은 바윗돌, 빨간색의 점 하나가 퍼포먼스로 여행객을 홀리고 있다.

이곳엔 전설이 있는데 신기한 음악 소리가 울려 퍼지면서 '훌드라 요정'이 나타나 마을 남자들을 산으로 유혹한다. 요정은 따라온 남자를 양으로 변하게 하여 폭포 속으로 사라지게 했단다. 사라진 남자들은 어디로 갔는지, 아무도 알 수 없단다. 10분 동안의 정차했는데 금방 사라져 버린 요정이 아쉽기만 했다. 폭포는 해발 699m의 산 정상에서 만년설이 녹아 줄기차게 물을 뿜어내는 거라 한다. 높이 98m의 폭포는 플롬 열차의 하이라이트였다. 정차한 열차는 다시 관광객을 태우고 종착역인 뮈르달 역을 향해 달린다.

앉은자리 그대로 있으면 다시 오던 길을 되돌아오게 되어있다. 가만히 앉아 있어도 반대편 경치를 보게 되는 것이다. 그리고는 처음 출발한 역에 다시 돌아와 하차한다. 플롬 산악열차는 타기 전의 설렘만큼이나 벅찬 비경을 보여주었다. 세계 10대 아름다운 철길로 선정될 만하다. 노르웨이 여행은 가슴 뛰는 에너지를 충전했다.

[2019. 8.]

다뉴브 강이 흐르는
동유럽

유람선을 타고 바라본 다뉴브 강가 국회의사당의 야경

부다페스트 야경

어느 도시이건 야경은 여행자의 마음을 들뜨게 한다. 어두운 밤과 화려한 불빛의 어울림은 새로운 감흥을 선사한다. 어둑발이 내리는 저녁 7시쯤 부다페스트 야경을 보기 위해 전용 버스에서 내리니 벌써 강가 주변에 여행객이 줄을 서 있다. 우리는 가이드 주선에 따라 일행만 따로 들어가는 경로를 택한다. 유람선도 일행만 타는 작은 유람선이다.

다뉴브강에 있으니 요한 슈트라우스 2세의 〈아름답고 푸른 도나우강〉이 들리는 듯하다. 어린 날의 짧은 시간 속으로 빨려 들어가는 것 같은 느낌, 초등학교 4학년 때가 떠오른다. 무용 선생님이 각 반을 돌며 무용할 어린이를 뽑으러 다녔다. 몸동작을 시키는데 양팔을 나비 날개처럼 벌리고, 허리를 기역자로 구부리고, 다리 하나는 세우고, 한쪽은 뒤로 들어 올리라는 주문을 했다. 다리가 꼿꼿한지 판가름하여 자세가 곧은 친구를 뽑는 거였다. 뽑힌 아이들은 나비처럼 춤추며 하나씩 앞으로 나갔다. 지금 생각하니 발레의 기초적인 연습 동작이었다. 그 동작을 하느라 얼마나 노력하였는지 잊히지 않는다. 그리고는 안양국민학교에서 하는 대회도 나가고 세미 미군부대 위문공연도 다녔다. 지금도 푸른 도나우강이 나오면 나이도 잊은 채 몸이 먼저 반응을 한다.

여행은 이렇듯 까맣게 잊고 지내던 기억도 떠오르게 하는 마력이 있지 않나 싶다. 다뉴브강은 영어 이름이고, 독일어 명칭은 도나우강이다. 그 강의 야경이 환상적이다. 프랑스 파리 센강 야경이 멋지다고 생각했는데, 그 야경은 비할 바가 아니다. 인터넷으로 세계 3대 야경을 검색하니 1위가 홍콩 도시의 불빛. 2위는 프랑스 파리 빛의 도시 야경. 3위가 부다페스트 다뉴브강의 반짝이는 야경이 나온다. 홍콩은 가보지 못해서 모르겠고, 파리 야경도 보았지만, 부다페스트 야경이 더 멋있다. 낮에 '어부의 요새'에서 다뉴브강을 배경으로 사진 찍을 때만 해도 이런 기대는 하지 않았다.

유람선에 앉아 배가 천천히 움직이자, 강 주변 건물이 일제히 불이 켜진다. 강 건너 성처럼 느껴지는 국회의사당이 황금빛을 발하며 서서히 강물 속으로 투영된다. 강물에 보석을 뿌려 놓은 듯 건물 자체가 물 위에서 반짝거린다. 다뉴브강을 중심으로 부다성 일대가 세계문화유산으로 등재되어 있어서인가. 특별하게 여겨진다. 빛이 흐르는 갑판 위에서 주위 경관을 바라보니 담담하면서도 애절한 목소리로 노래하는 어느 가수의 노랫소리가 들려오는 듯하다. 화려한 불빛과 알맞게 부는 저녁 바람, 움직이는 유람선, 그 안에서 자기만의 생각으로 심취해 있는 여행객들이 그런 분위기를 만들고 있다. 현장 가이드는 강가 주변을 열심히 설명하고, 일행은 야경에 취해서 어쩔 줄 몰라 한다.

여행은 이미 절정에 달한 듯 더 이상의 말이 필요 없는 듯하다. 감격한 나머지 벅찬 감정을 온몸으로 표현하는 사람들은 모두 환희라는 무대 위에서 춤추는 무용수 같다. 이런 경험 처음이라며 즐거움에 들떠 자신만의 감정을 표현하고 있다. 몇 해 전 다뉴브강에서 유람선 침몰로 우리나라 여행객의 사고가 일어난 곳이라 나는 잠시 조심스러우면서도 숙연해진다. 살면서 우리는 평범한 하루를 보내지만, 색다른 날도 있지 않나 싶다. 맛있는 음식을 먹을 때 가족 생각이 나듯 좋은 곳에 있으니 아이들 생각이 스친다. 여태 생각 못한 아이디어가 떠오르듯 서울에 있는 자식들 생각에 영상을 찍는다.

유람선이 지나가면 다시 올 수 없기에 파노라마로 돌아가며 취재하듯 찍는다. 손녀 둘의 이름을 부르며 "이 멋진 광경 좀 봐라, 너희들 한번 와 보면 좋겠다." 등등 목소리를 넣어 가족 카톡방에 올렸다. 국회의사당 왕궁과 세체니 다리, 어부의요새 등 부다 야경을 나만 보기 아까워 아는 대로 설명했다. 서울에 살면서 가끔은 한강 야경을 보게 된다. 많은 다리가 자신의 정체성을 드러내듯 그만의 특색으로 빛의 퍼포먼스를 벌인다. 친정에 다녀올 때 마포대교를 건너 강변북로에 접어들면 빛의 축제가 열리는 듯하다. 반포대교, 한남대교의 알록달록한 빛기둥이 한강 물빛에 투영되어 휘황찬란하다. 누구라도 이 장면을 보고 감탄하지 않을 수 있겠나,

어두워질수록 불빛은 더욱 멋진 광경을 만들어 내지 않던가.

여행은 자신을 돌아보게 한다. 새로운 나를 만나 그 속에 머물기도 하고 오래된 추억을 되살려내기도 한다. 헝가리 부다페스트 야경을 보면서 어린 시절 무용할 때 듣던 왈츠 '아름답고 푸른 도나우강'이 생각나고, 강가 주변 불빛에 낭만적인 서울의 한강 야경을 떠 올리지 않았는가. 환희에 젖은 그 저녁 생생한 장면은 내가 살아가는 동안 활력이 되고도 남겠지 싶다.

[2025. 6.]

여행의 덤
– 체코, 카를로비바리와 스보르노스티

여행하다 보면 생각지도 못한 현장을 만날 때가 있다. 일정표대로 다니지만 시간을 바꾸거나 그날 상황이 벌어지는 장소에 따라 전혀 다른 풍경을 만나기도 한다. 체코의 '카를로비바리'라는 동네로 이동하여 온천수를 맛보았다. 지나는 길에 가끔 있는 수도꼭지를 틀면 흐릿한 물이 나온다. 지나는 사람들이 그 물을 마시며 다닌다.

예쁜 물건을 보면 손녀 생각이 나서 기웃거린다. 도자기로 만든 컵 두 개를 사 들고, 온천수가 나오는 수도 앞으로 가서 꼭지를 틀었다. 컵은 한쪽 귀퉁이가 빨대처럼 올라와 있어 입을 대고 빨면 물이 올라온다. 온천수라 유황 물맛은 짐짐하지만, 몸에 좋다 하여 그걸 마시고 다녔다. 손녀 둘이 컵을 받으면 한동안 재미있어 할 것 같아 기쁘다.

체코의 '체스키크롬로프'는 구시가지 전체가 세계 문화유산으로 지정될 만큼 중세 시대의 아름다움을 간직한 도시다. 뛰어난 건축물과 역사 문화재로 유명하다. 지나는 길에 보게 되는 건물들

망토다리에서 바라본 마을

망토다리 위에서 바라본 마을

이발사의 다리에서 공원하는 거리의 악사

전통 의상을 입은 여인

이발사의 다리 건너편의
작은 상점들

이 오래 간직하고 싶은 귀중품 같다. 눈을 어디에 두어야 할지 모르는 상황이 계속된다.

아, 어쩜 도시가 이렇게 환희로울까. 여기서 사는 사람들은 얼마나 좋을까, 생각하며 무엇에 홀린 사람처럼 아쉬운 발걸음을 돌린다. 감탄사를 연발하는 일행도 아쉬워하는 눈빛이 역력하다. 갑자기 가이드가 기쁜 소식이라며 목소리를 높인다. 우리가 가는 스보르노스티 광장이 장미축제 기간인데, 마을이 온통 축제라는 것이다. 한데, 장미 축제에 장미는 없고 시민들이 전통의상을 입고 나와 거리를 활보하는 것과 장미축제 광장을 볼 수 있다고 한다.

이런 축제 만나기 어려운데 그 행운을 누리게 되었다며 웃는다. 여러분들 복 받았다며 일정에 없던 귀한 선물을 주는 양 눈이 반짝거린다. 실지로 지나는 길에 평범하면서도 고풍스러운 전통 의상을 입은 가족이 함께 걷는 것을 여러 번 보았다. 꾸밈없는 사람들이 수더분해 보인다. '망토 다리'는 크롬 성의 입구이자 경사진 성 상부와 하부를 연결하기 위한 요새 역할을 한 곳이란다. 석조 기둥 위에 3층 규모의 아치를 덮은 것에서 '망토 다리'라는 이름이 지어졌다. 그곳에서 저 멀리 구시가지를 내려다보면 그림 같은 동네가 옹기종기 모였다,

그림엽서를 만들어 놓은 것 같은 멋진 경치다. 망토 다리를 지나 조금 걸어가면 슬픈 전설이 서려 있는 '이발사의 다리'가 나온다. 우리는 이어폰으로 가이드의 설명을 듣는다. "신성로마제국의

황제 루돌프 2세의 서자 아들이 정신질환을 치료하기 위해 체스키크롬노프 마을에서 요양했다고 한다. 서자 아들은 어느 날 이발사의 딸을 보고 반해 버렸다. 둘은 결혼하였으나 남편이 정신질환으로 아내를 살해한다. 서자 아들은 자신이 아내를 죽인 줄도 모르고 범인을 찾겠다고 길길이 날뛰는데 죄 없는 마을 사람들을 마구잡이로 죽인다.

억울한 죽음을 더 이상 볼 수 없는 이발사는 "내가 딸을 죽였노라고" 거짓 자백을 한다. 착한 이발사는 처형되었고, 이 사실을 아는 사람들이 그의 희생을 기리기 위해 이발사가 있던 자리에 다리를 놓고 '이발사의 다리'라 이름을 지었다는 전설이다. 착한 사람을 기억하기 위해 다리를 건설한 사람들의 노고에 고개가 끄덕여졌다. 축제를 보기 위해 넓은 광장으로 올라간다. 100여 명은 넘을 듯한 세계 각국의 인파가 무대 위의 코믹 연기에 웃으며 손뼉을 치고 있다

쨍쨍한 햇볕 아래 구경하는 사람 더러는 민속의상을 차려입고 있어 풍습을 이어가는 정신이 대단하구나 싶었다. 오래전에 퇴계

손녀들의 선물

거리의 온천수 수도

로에서 친척 결혼식이 있어 쪽머리에 한복을 곱게 차려입은 적이
있었다. 식당에서 나와 걸어가는데, 외국인들이 나를 향해 사진
을 찍고 있었다. 한복이 주는 단아한 이미지가 좋았던 모양이다.
순식간에 벌어진 일이라 나는 그냥 지나치고 말았는데 요즘 같으
면 초상권 침해라 하여 찍지 못하게 했을 것이다. 이렇듯 나도 이
곳의 전통의상을 차려입은 사람 앞모습은 찍지 못하고 조심스럽
게 뒷모습만 찍었다.

　이런 계기가 아니면 그들의 전통의상이 어떤 디자인인지 알 수
있었겠나. 행운이라는 생각이 들자 이것도 여행의 덤이지 싶다. 광
장에 모인 많은 사람이 맥주를 마시거나 간식을 먹으며 무대 위
에서 펼쳐지는 퍼포먼스에 웃음 짓는다. 우리도 다른 여행객처럼
잠깐 쉬었다 가기로 한다. 자리가 꽉 차서 앉을 자리가 없는데,
용케 그늘이 있는 쪽에 앉게 되었다. 옆에 앉은 유럽 여인이 반갑
게 눈인사를 건넨다. 나는 어색한 미소를 보내면서도 고맙고 편안
했다. 외국인을 보면 벽을 세우고 데면데면한 내게 그가 베푼 인
정으로 광장에 모인 사람 모두가 더불어 순하고 착해 보인다.

　세계는 하나라는 말을 이런 때 써야 하는가 보다. 오늘 여행에
서 얻은 덤은 귀중한 물건이 아니라, 전통 의상을 차려입은 사람
들 모습과 예상치 못한 따뜻한 시선이었다. 유럽 여인이 동양에서
온 내게 베푸는 가슴 따뜻한 인정이고 사랑이었다.

[2025. 6.]

5

대자연의 향연

초원을 가르며
– 대자연을 만나다

한국수필가협회 회원 35명이 몽골행 비행기에 몸을 실었다. 4박 5일 동안의 일정이 시작되면서부터 몸과 마음이 긴장된다. 비행기 안에서 심포지엄 책자와 일정을 살펴보니 여행이 주는 기분 좋은 들뜸이 설렘을 동반한다. 인천 공항에서 3시간 20분 만에 몽골 칭기즈칸 공항에 도착하고 보니 발목 잡는 일들을 접어두고 떠나온 것이 꿈만 같다.

몽골은 한반도의 여덟 배나 되는 나라에 인구 350만 명밖에 안 되는 나라다. 인구 절반이 울란바토르에 모여 살아 서울을 능가하는 교통체증이 발생한단다. 비행기 안에서 보니 울란바토르 하늘이 손에 잡힐 듯 맑고 깨끗해서 인상적이다. 간단 서원, 칭기즈칸 광장, 역사박물관, 민속 공연, 승마, 게르에서 유목민 체험 등의 시간을 보내고, 여행 3일째 오전 9시부터 엘트산 트레킹을 하는 날이다. 게르를 떠나지만, 저녁에 다시 올 거라서 짐은 게르 안에 두고 버스에 오른다. 추울까 봐 바람막이 점퍼를 가져갔으나, 날씨가 좋아 차에 두고 내렸다.

넓은 초원을 보는 순간, 가슴이 뻥 뚫리는 기분이다. 광활한 초
원에 압도당하는 느낌, 텔레비전에서 보았던 장면이 눈앞에 펼쳐
져 있다. 자연에 흠뻑 빠져서 시간 가는 줄도 모르고 걷고 또 걷
는다. 인디언들이 나무와 바람, 햇살을 신성시하듯, 그곳의 모든
자연은 신이 내린 선물 같았다. 초원을 걸을 때 눈 닿는 곳마다
싱그러운 나무와 온갖 야생화가 지천으로 피어 있어 신기했다.
산등성이 큰 바위 얼굴은 온갖 표정으로 일행을 놀라게 했다. 예
전에 지도교수였던 서정범 교수님은 알타이어를 연구하셨다. 그때
몽골에 다녀오시면 수강생들에게 그곳은 에델바이스가 많다고
하셨다.

그 에델바이스가 눈앞에 지천으로 펼쳐져 있어 교수님도 이곳
을 다녀가셨구나 싶었다. 회원들이 '에델바이스' 노래를 목청껏 부
른다. 날이 추워 크게 자라지 못한 에델바이스는 은색의 작달막
한 키에 달린 꽃술이 의연하다. 가만히 살펴보니 반색하듯 배시
시 웃고 있다. 저 멀리 앞을 내다보면 야트막한 능선에 집채만한
바윗덩이가 있다. 눈앞에 펼쳐진 바윗돌 모습에 입이 다물어지지
않는다. 모두 환호성을 지르며 감탄사를 연발한다.

당당하게 서 있는 돌덩이들이 웅장하다. 덩치 큰 코끼리 모형,
황소 같은 것도 있고, 아니 그보다 더 큰 것도 무수히 많다. 가
도 가도 끝없이 펼쳐진 초원을 가르며 그 위에서 만나는 큰 바위
들은 어떻게 산등성이에 올려져 있는지 놀랍기만 하다. 그 앞에
서 단체 사진은 꼭 찍는 회원들 얼굴에 행복감이 넘쳐난다. 이런

에델바이스

야생화

현장에 있다는 것이 실감 나지 않는다. 자연 경관이 너무 좋아 이번 여행 중에 가장 좋은 코스라고 들뜸의 환호성이 여기저기서 터져 나온다. 다들 즐거운 표정으로 장난치기도 하고 '에델바이스'를 연속으로 합창하기도 한다. 그럴 때마다 뜨거운 동지애가 느껴진다. 문학 동인으로서 고국을 떠나 함께 여행한다는 자체만으로도 모두 든든하다.

길을 걷다가 반대편에서 오는 한국인을 만나 반색하며 서로의 안부를 묻고 다시길 위에 서 있다. 멀리 가는 일행이 점선으로 멀어지고 점점 작아진다. 이런 체험 처음 있는 일이다. 마지막 고갯마루인 듯 능선에 서낭당이 있다. 이 돌무덤은 우리나라 서낭당 같은 무속신앙이다. 첫날 오다가 한 차례 보아서인지 몽골인들 샤머니즘 문화를 이해할 수 있었다. 그 옆에는 늑대 석상이 우뚝 서 있고, 석상엔 사슴 그림이 그려져 있다. 가이드 말에 의하면 우리나라 호랑이와 웅녀, 신화같이 몽골 민족도 늑대와 사슴에서 태어났다고 믿고 섬긴다고 한다. 가슴 벅찬 발걸음에 일행은 웃음꽃을 피우며 사진 찍느라 예정 시간보다 1시간이나 늦게 도착했다.

　이번 해외심포지엄은 내용도 좋았지만, 여행 일정에 여러 체험이 있어 묘미를 느낀다. 간단 서원, 칭기즈칸 광장, 역사박물관, 민속 공연, 승마, 게르에서 유목민 체험, 도보 여행 등으로 가슴 뿌듯하다. 무엇보다 광활한 대자연 속에 머물고 자연을 품고 다니며 내가 얼마나 작은 존재인지 알게 된 것이다. 게르 체험, 밤하늘의 별 보기, 숲속에서 말타기, 광활한 초원에서 만난 에델바이스, 산등성이에 집채만 한 바윗덩이 등은 내가 살아가는 동안 기억의 수첩에 오래도록 돋을새김하여 꺼내볼 요량이다. 한동안 몽골의 대자연 속에서 헤어나지 못할 것 같다.

[2022. 9.]

별은 그 자리에 있다

별 볼 일 없는 사람이 별을 보러 몽골에 갔다. 소소한 일상에서 벗어난 것만으로도 큰 발전이다. 내 지식이나 상식만의 잣대로 몽골 문화를 재단하고 떠난 여행에서 많은 걸 보고 느끼고 체험했다. 여행을 떠나기 전부터 나는 몽골 밤하늘의 별이 보고 싶었다.

대자연과 함께하는 승마를 즐기고 어둑어둑한 시간 숙소인 게르에 도착했다. 깜깜한 밤이 오기를 기다려 밖으로 나가니 하늘엔 별이 총총 떠 있다. 오랜만에 보는 별이라 반가웠지만, 쏟아지는 별을 기대해서인지 조금은 아쉬웠다. 더 많은 별을 보기 위해 휴대전화로 불을 밝히며 산에 올랐다. 먼저 올라온 일행이 돗자리를 펴고 누워서 별을 보며 수런거린다. "저 별은 나의 별, 저 별은 너의 별" 노래 부르며 어른들이 아이들처럼 좋아한다. 나도 돗자리를 펴고 누워 하늘을 올려다보니 별빛이 영롱하다. 반짝이는 별과 가물거리는 별들이 서로 어우러져 어깨동무하고 있다. 누군가 "와! 별 좀 봐." 한다. 별 보는 것만으로도 꿈같다며 반가운 시선을 보낸다.

그동안 까맣게 잊고 있던 북두칠성도 그대로 있고, 찬연한 별도 그대로다. 별 주위에 은하수도 변함없다. 별이 빛나는 밤하늘을 보고 있자니 '별 하나에 추억과 별 하나에 사랑, 별 하나에 동경과 별 하나에 쓸쓸함, 그리고 어머니!' 하며 음악과 함께 '별 헤는 밤'을 낭송하던 어느 낭송가의 목소리도 차분하게 맴돈다. 내 삶 언저리마다 생각나는 아버지 어머니도 저 별 어딘가에 계실 것만 같다. 유난히 반짝이는 별에 눈 맞춤 하고 나니 부모님 얼굴이 오버랩 된다. 어머니는 발목 잡는 일이 많은데 어찌 먼 곳까지 왔느냐고, 내 등을 토닥이는 것만 같다. 보고 싶은 어머니, 순간 울컥한다. 어머니라는 이름만 되뇌어도 마음이 먼저 요동친다.

문학을 만나지 않았다면 이 귀한 시간과 조우할 수 있었을까. "문학이 나를 불렀거나 우리가 문학을 택했거나" 낮에 이사장님이 했던 말이 가슴에 와닿는다. 별나라를 거닐던 나는 어린 날이 떠올랐다. 어린 시절 여름 저녁이면 마당에 멍석을 깔고 누워 밤하늘의 별을 보았다. 하늘은 보석 가루를 뿌려 놓은 듯 휘황찬란했다. 밤이 깊을수록 별은 더욱 선명하게 드러나고 은하수는 냇물이 되어 길게 흘렀다. 긴 꼬리를 물고 떨어지는 별똥별도 새롭고 반짝이는 바다 같은 하늘도 신기했다. 아버지는 은하수가 우리 집 마당을 가로지르면 벼를 수학해서 쌀밥을 먹을 수 있다고 하셨다. 어머니는 모깃불을 피워 모기를 쫓고 부채질하며 밭에서 따온 수박 참외를 깎아 주셨다.

　언니, 동생과 함께 "별 하나 꽁꽁, 나 하나 꽁꽁, 별 둘 꽁꽁, 나 둘 꽁꽁"하며 노래 불렀던 순간도 멀리 가버렸다. 불치의 병으로 돌아간 언니와 불의의 사고로 떠난 동생은 어느 별이 되었을까. 어느 별에서 나를 보고 있을까. 별빛 속에서 친정 식구들 눈동자가 나와 마주 보고 있다. 그리움이 몽골 밤하늘에 유유히 피어오른다. 그 시절 우리 집 평화로운 전경도 다시 올 수 없기에 애틋하다. 여행은 새로운 경험만으로도 벅찬 감정을 선물 받는다. 집 떠나 보고 듣는 것만으로 마음의 풍요를 느끼지 않던가. 속담에 '집에 있는 똑똑이보다 나다니는 멍청이가 낫다'는 말이 있다. 그만큼 떠나는 자체만으로도 많은 것을 얻을 수 있다는 말일 것이다. 짬을 내 직접 찾아다니며 경험해 보면 새로운 것에 도전한 매력과 긍지를 느낀다. 그 맛에 우리는 자꾸 떠나려는 것이 아닐까.

　이번 몽골 여행은 내 좁은 식견으로는 다 담을 수 없는 가슴 벅찬 시간이었다. 서울에서는 미처 보지 못했던 별들을 보았고, 그립던 가족을 별빛 속에서 만났다. 어둠이 내려야만 볼 수 있는 밤하늘의 별은 없어진 것이 아니라, 그 자리에 그대로 있었다. 빛이 밝아서 보이지 않았을 뿐, 어디서든 제 자리를 지키고 있었다. 그동안 나는 나만의 별을 찾지 못하고 늘 종종거렸다. 이제라도 내려놓는 연습을 하며 별을 찾는 여유를 가져야겠다. 그런 시간을 만들어야겠다.

[2022. 9.]

서낭당

몽골의 게르

게르에서 하룻밤

외출했다 돌아올 때면 멀리서 우리 집만 봐도 반갑다. 집안에 들면 그냥 편안하고 자유롭다. 내 집만큼 편안한 곳이 어디 있을까. 여행에서 호텔에 들면 잠 못 드는 사람이 의외로 많다. 잠자리를 옮기기 때문도 있겠지만, 환경이 바뀌어 편치 않아서일 수도 있다. 그만큼 내가 편히 쉴 수 있는 곳은 내 집뿐 아닌가. 그래서 사람들은 여행 떠나는 것이 기분 좋고, 돌아올 집이 있어 더 좋다고 말한다.

뉴질랜드 편 세계여행 프로그램을 보고 있는데 작은 펭귄들이 몰려나온다. 몸집이 작지만 다 자란 놈들이라고 설명한다. 옹기종기 모여있는 펭귄 사이로 한 녀석이 여기 기웃, 저기 갸우뚱하며 돌아다닌다. 친구를 찾는구나 싶었는데, 해설은 집을 찾고 있다고 말한다. 제 집을 찾으면 쏙 들어가 평온한 낮잠을 즐길지도 모르는데, 안타깝게도 집을 잃고 뒤뚱거리며 헤매고 있다. 펭귄이 제집 찾았다는 설명은 없고, 화면이 지나가 버려 방송이 끝나도 은근히 궁금했다.

몽골 문학기행 때 일행은 호텔에서 지내다가 전통가옥인 게르 체험을 하였다. 이동하는 버스 안에서도 초원의 하얀 천막집을 보았는데, 우리가 도착한 동산에도 게르는 여러 동 있었다. 내가 하룻밤 묵을 게르는 무명천 같은 (짐승의 털로 만든 천) 원통형 벽과 둥근 지붕으로 덮여 있고, 밖은 검은 줄로 띠를 둘러 단단히 묶었다. 이 게르는 여행객을 위해 만들었지만, 유목민이 이동할 때는 쉽게 걷고 펼치게 했다고 한다. 네 사람이 함께 잘 수 있는 게르 안은 조촐했다.

바닥은 장판을 깔았고, 벽 쪽으로 일인용 침대 네 개가 마주 보고 있어 여행객을 위해 만든 것 같았다. 탁자 하나에 나무로 만든 의자가 네 개 난로까지 있어 그런대로 괜찮았다. 원통형 집 안은 출입구만 있고, 창문이 없다. 드나드는 문은 허리를 구부려야만 들어갈 수 있다. 그 안은 키 큰 사람도 생활할 수 있게 천정이 높았다. 이렇게 하기까지 얼마나 많은 노고가 있었을까, 안은 굵은 대나무 같은 것으로 골자를 짜서 서까래처럼 얹고 아래쪽은 얇은 나무를 이용해 격자무늬로 촘촘히 엮어 단단했다.

화장실은 옆으로 달아 양변기를 놓았다. 세면대를 새로 만들어 그런대로 쓸 만했다. 그 안에서 유목민 식사는 어떻게 해결했을까. 물은 어디서 길어왔을까. 용변도 그렇고, 어려움이 많았을 것 같다. 이동하면서 떠도는 생활이었으니 무엇이든 간단히 해결했을 것 같다. 짐도 간편하게 꾸리고 다녔겠다 싶다. 게르 체험은 검소하게 살았을 유목민 생활을 엿보는 색다른 체험이었다. 처음 게

르 안에 들었을 때는 저녁이라 그런지 추워서 으슬으슬했다. 가져
온 옷을 다 껴입고 하룻밤을 지내야 하나 걱정했는데, 밤하늘의
별을 보고 오니 보일러를 틀어놓아 훈훈하다.

　가이드 말에 의하면 몽골은 추운 지방이라 유목민이 이동할 때
추위를 막기 위해 게르에 창문을 만들지 않는다고 한다. 여름에
는 천막을 밑에서 위로 걷어 올려 통풍이 되게 하지만, 추운 겨
울에는 바람이 들지 못하게 창문을 만들지 않는다고 했다. 천정
에 구멍을 뚫어 창문 역할을 하고, 불을 피웠을 때는 연기가 나
가도록 하였으나 그날 내가 머문 게르는 추위 때문에 천장을 열
수 없었다. 게르는 나이나 성별에 따라 자리가 정해져 있다고 하
는데, 안쪽이 가장이나 라마승(僧)이 앉는 상석이라고 한다. 나는
그것도 모르고 우리 팀 중에 선배님이 계신대도 상석을 이용했다.

일행 중 여행을 자주 하는 분은 6년 전에 왔을 때만 해도 말가
죽을 그대로 사용하여 게르 안에 냄새가 몹시 났었다고 한다. 요
즘 여행객이 많다 보니 게르도 많이 발전했다는 말씀이다. 돌아
갈 집이 있다는 것은 감사한 일이다. 익숙한 공간에 익숙한 냄새
와 모습으로 맞아주는 내 집은 내가 어떤 어려움에 부닥쳐있어도
나를 편안하게 해준다. 집 떠나면 고생이란 말이 있다. 집보다 더
좋은 곳이 있어도 아늑하고 편히 쉴 수 있는 곳은 내 집이 최고
라는 뜻일 것이다. 소로는 〈월든〉에서 "인간은 집이라는 따듯하고
안락한 장소를 구했다. 첫째로 육신의 따뜻함을, 둘째로 사랑의
따뜻함을 구했다."라고 적고 있다.

집은 그만큼 따뜻함과 편안함을 주고 있다. 그래서 펭귄도 편
히 쉬고 싶어서 집을 찾아다녔던 것이 아닐까. 하룻밤 묵은 게르
안에서 간소하게 사는 유목민 생활을 체험하며 좋아하는 분들
과 특별한 시간을 보냈다. 내가 얼마나 가진 것이 많은지, 얼마나
잘 살고 있는지도 알게 되었다. 몽골은 개발도상국으로 여기저기
서 건물을 짓고 있었다. 트레킹하고 숲속을 거닐며 말 타고 그렇
게 꽉 찬 하루를 보내고도 저녁에는 별을 보러 깜깜한 산으로 올
라가도 힘들지 않았다. 게르 안 침대에 몸을 뉘니 "주인님 인제 그
만 쉬셔야지요." 내 몸이 말을 걸어온다.

그날도 많은 경험을 했다. 흥부가 기대하지 않았던 박속에서 금
은보화가 쏟아지듯, 기대하지 않은 몽골에서 많은 보물을 얻었다.

[2022. 9.]

특별한 체험
– 몽골에서 말타기

테를지 국립공원으로 이동하는 버스 안에서 바라본 자연은 한 없이 넓고 푸르다. 점심으로 '허르헉'이라는 양고기를 먹고 오후에 승마하는 시간이 왔다. 나는 무섭고 조정할 줄도 모르니 타지 않으려고 했다. 눈치를 보니 말을 안 타는 사람은 허리 아픈 K 선생님 한 사람뿐, 전부 승마할 준비를 하고 있다. '어떤 기회가 왔을 때 잡아야지 그걸 놓치고 나면 후회한다'라는 말이 떠오른다. 이 기회를 놓치고 나면 다시 못 올 시간을 후회할 것 같았다. 해야 할까 말아야 할까, 갈등이 생길 때는 해보고 후회하는 쪽이 낫다고 내 글에 쓰지 않았던가, 나보다 연세 많은 분도 말에 올라 의젓하게 앉아 있는 걸 보니 타 보는 쪽으로 가닥을 잡았다.

드디어 다리에 보호대와 머리에 안전모가 씌워지니 가슴이 콩닥거린다. 과연 괜찮을까 걱정된다. 말은 말을 모는 기수와 회원 두 사람이 뒤쪽 양옆으로 한 사람씩 셋이 한 조가 되었다. 덩치 큰 사람은 큰 말, 작은 사람은 작은 말을 준다. 내게는 당연히 작은 말을 주었다. 안장 위에 올라앉으니 무섭기는 해도 기수가 된 기분이다. 내 말을 이끄는 사람은 숙련된 어른이 아닌 앳된 중학생이나 될까 말까 한 남자아이여서 타 보기도 전에 불안했다. 한국말 잘하는 사람이기를 은근히 바랐는데, 중학생이라니, 만약 사고라도 난다면 어떡하나, 하는 생각에 말에서 내려오고 싶었다.

겁이 많은 내가 별걸 다 하는구나, 피식 웃음이 나온다. 남들 다 하는 거 해보기로 마음먹고 나니 휘둥그레진 가족 눈 하나하나가 내게 몰려드는 것 같다. 여행사 사장님까지 다 탄 후에야 서른여섯 명이 탄 앞머리가 출발한다. 긴 행렬로 이어진 말타기는 영화 속 한 장면같이 숲속에 길게 이어졌다. 말이 달리는 것이 아니라 천천히 걸어가니 무섭기는 해도 내 몸을 말에게 의지하게 된다. 내가 탄 어린 말은 입에서부터 코를 지나 이마까지 하얀 털이 윤기가 흐른다. 주인 말도 얼굴에 하얀 털이 길게 이어져 있다. 그러고 보니 내가 탄 말이 나를 인솔하는 말의 자식인 듯 걸어가면서도 걱정되는지 자꾸 뒤를 돌아본다.

어린 말은 앞의 제 어미를 핥고 비비고 연실 뽀뽀를 해댄다. 얼굴을 어미 등에 비비느라 걸을 때마다 내 오른쪽 발이 어미 궁둥이를 툭툭 차게 되어 불편했다. 혹시 어미 말이 화가 나서 뒷발질이라도 한다면 어쩌나 걱정되었다. 뒤는 무서워서 돌아볼 수도 없는데, 말 위에 앉아 사진까지 찍어 가며 말타기를 즐기는 분도 있어 대단하다 싶었다. 언덕을 내려와 냇물을 건널 때는 공중에 붕 떠 있는 것 같아 더럭 겁이 났다. 어린 말이 냇물을 건널 때 혹시 넘어지면 어쩌나, 걱정스러웠고, 미안하기도 했다.

숲속에서 말 타는 긴 행렬이 광릉수목원 전나무 숲길을 가고 있는 듯한 착각이 든다. 그만큼 냇물 흐르는 숲이 넓고 상큼하고, 시원해서 좋았다. 길은 마른 길도 있었지만, 질척이는 길도 있어 마른 길이건 질척이는 길이건 마다하지 않고 살아온 내 인생길 같았다. 살다 보면 희로애락 속에 늙어가듯 좋은 길도 안 좋은 길도 나타나지 않던가. 먼저 간 말이 똥을 싸 밟을 수 있는 길도 있었다. 이런저런 길을 걸으며 인내와 끈기로 여기까지 오지 않았는가. 인생길이 누구에게나 편안한 길이 될 수 있었을까. 어린 말은 물이 고인 작은 웅덩이를 피해 어미가 밟은 뒤쪽으로 걸어간다. 말 못 하는 짐승도 다 생각이 깊구나 싶어 기특했다.

그렇게 한 시간 정도 말을 타고 나니 해냈구나 싶어 뿌듯했다. '해도 후회 안 해도 후회한다'라는 말이 있다. 해보고 후회하는 쪽이 낫다는 결론을 많이 들었다. 말타기는 내 생애 처음 시도해 본 특별한 체험이었다. 말 주인 아들이 어렸음에도 돈을 벌고, 아버지 말을 잘 듣는 착한 아이였다. 말에서 내려 건물 안을 보니 몽골인들의 검소한 생활상도 엿보인다. 여행은 새로운 것도 보지만, 배우는 것이 많다. 자연에서 배우고 체험하며 배우고, 현지인에게 배운다. 또 순종하는 말에게서도 배운다. 그날도 대자연 속에 머물며 말타기의 여정을 마무리했다. 이런 체험은 처음이라서 뿌듯했다.

[2022. 9.]

청해의 호수

나를 돌아보는 시간

요즘 수명이 길어진 만큼 여행하는 행렬도 늘어나고 있다. 우리도 시간이 허락되면 어딘가 떠나려고 한다. 미리 계획을 세우기도 하지만 갑자기 출발하기도 한다.

일본 북해도 여행은 남편 여름휴가를 택했다. 북해도는 겨울이면 눈 덮인 절경이 유명한데 우리는 더운 여름에 출발했다. 신치

토세 공항에서 버스 한 대의 일행을 만나면서부터 새로운 시간이 시작되었다. 단체로 움직이는 패키지는 나이 든 사람에게는 좋은 점이 많다. 전용 버스를 타고 이동하니 편안하고, 가이드의 친절한 안내를 받으니 미덥다. 때가 되면 차려진 밥상에서 식사하고 나면 시간이 절약된다. 모든 것이 예약되어 있어 편리하다. 낯모르는 사람들과 함께하니 친화력도 생긴다. 일본에서 자그마한 여자 기사의 친절함은 감동이었다. 차에서 내릴 때마다 인사하는 바람에 같이 고개를 숙였다.

명승지라는 청해의 호수를 돌아본 후 홋카이도 탐 도미타 농장에 도착했다. 이 정원은 라벤더를 중심으로 최대급 관광농원이다. 입구에 들어서니 반듯한 꽃밭이 넓고 길게 펼쳐져 있어 환상적이다. 우리가 개화 시기를 잘 알고 찾아왔는지 빨 주 노 초 파 남 보의 여러 꽃이 반색하며 웃는다. 매년 100만 명 이상의 관람객이 이 정원을 다녀간다니 상상만 해도 대단하구나 싶다. 보라, 노랑, 빨강 주황 융단을 깔아놓은 것 같은 형상을 바라보며 걷는다. 어찌 보면 커다란 형겊 두루마리를 풀어놓은 것 같은 모습이 이쪽저쪽에서 손짓한다.

소담한 꽃들은 저마다의 자리에서 질서 정연하다. 자신의 빛깔을 뽐내려는 듯 기염을 토한다. 간혹 신혼부부가 웨딩 촬영하는 모습도 눈에 띄고 사람들 들뜬 목소리가 공중에서 흩어진다. 모두 황홀한 순간을 만끽하고 있음이다. 와, 와, 감탄사를 연발하면서 발걸음을 옮긴다. 시선을 어디에 두어야 할지 모르겠다. 내 인

생 정원에도 이런 꽃밭을 가꾸던 시기가 있었을까. 첫아이를 임신하고 피아노를 배우며 직장 생활을 하던 이십 대는 어떤 생이 펼쳐질까, 꿈이 풍선처럼 부풀었다. 양초 공예, 등공예, 매듭, 수예 등을 배우던 삼십 대는 희망이 있었다.

요리와 문학 공부에 빠져있던 사오십 대는 열정이 있었다. 만학도의 꿈을 키우며 대학 공부에 전념하던 육십 대 초반은 최선의 노력을 다했다. 모두 그 나름의 꽃봉오리를 맺었던 시기들이 더러는 노력 부족으로 가꾸지 못하고 개화기를 놓쳐버렸다. 발화하지 못한 채 내 안에 작은 망울로 자리하고 있다. 어쩌면 하나둘 움츠러들었는지 모르겠으나, 언젠가는 문학의 꽃으로 피어나겠지 싶다.

오래전 배꼽 친구들과 용인 자연농원 장미축제에 갔었다. 낮에 만나 야간 개장까지 기다려 꽃을 관람했다. 그때 우리는 꽃의 매력에 흠뻑 빠져서 재잘대며 시간 가는 줄도 몰랐다. 늦은 밤 자연농원을 나와 수원역에서 가까스로 전철 막차를 탔다. 자정이 넘어 집에 도착하니 난리가 났다. 휴대전화도 없는 시절이었으니 걱정을 많이 했던 모양이다. 꽃은 그만큼 사람의 마음을 붙잡는 마력이 있다. 도미타 농장에서도 예술적 감흥이 느껴지는 꽃들에 반해 마음을 빼앗기고 다녔다. 한 포기 한 송이가 조화를 이뤄 멋진 작품을 만들어 내고 있었으니, 기획한 사람은 커다란 기쁨을 누렸으리라.

사람도 한둘일 때보다는 여럿이 모여 응원하는 모습이 보기 좋듯 꽃도 한 덩어리 예술 작품으로 꾸며놓으니 짜임새 있고 귀티가 난다. 화분 하나 키우려 해도 큰 노력이 필요하고 신경 써야 하는데, 이 많은 꽃을 가꾼 이의 보이지 않는 정성이 그대로 느껴진다. 이곳은 계절에 따라 여러 종류의 라벤더가 피어난다고 한다. 꽃밭에 앉아 있으면 꽃향기에 매료된다. 우리는 라벤더를 바라보며 보라색 아이스크림을 주문해 나무 의자에 앉았다. 달콤한 아이스크림에 분위기를 얹어 먹었다. 뛰어난 경치를 보고 나니 스펀지가 물을 빨아들이듯 흡족했다.

3박 4일 동안의 일본 여행은 그동안의 편견에서 벗어난 느낌이다. 버스에서 내릴 때마다 인사하는 기사에게 친절을 배웠고, 목욕탕에서 옆 사람에게 물 튀지 않게 끼얹는 여인 씀씀이에 배려를 배웠다. 결국에는 새로운 문화를 기웃거리던 예전의 나를 만나고, 돌아보는 시간이었다. 꽃밭에 앉아 있으니 일본 여정의 맛 새로운 기쁨을 선물 받은 기분이었다. 또다시 여행 꿈꿔야겠다.

[2023. 8.]

사랑과 아름다움의 수필 미학

김자인의 수필 세계

金宇鐘

문학평론가, 화가
전 덕성여대 명예교수, 은관문화훈장

사랑과 아름다움의 수필 미학

1. 김자인 수필 미학의 외형과 내면

김자인의 수필 세계는 참 아름답다.

수필은 예술이며 예술의 본질은 아름다움이고 그것은 두 가지로 구성된다. 언어예술로서의 미학적 성과와 의미론적 성과다. 문학은 어느 장르나 모두 언어예술이지만 수필은 수사법의 특성을 의도적으로 개발해 나간 장르가 아니다.

수필은 붓 나가는 대로 써지는 글이다?

흔히 말하는 이런 명제는 수필이 언어의 기교적 발달을 운명적으로 거부해 왔음을 의미한다. 그래서 대학의 국문과 교과과정 속에서는 70년대 전까지도 수필이 거의 독립적인 문학 장르로 대접받지 못했다. 기교적 연구로 자기만의 특성을 갖추지 못한 탓이다. 그것은 분도 바르지 않고 천연의 얼굴만으로 예뻐야 함을 숙제로 지녀왔음을 의미한다. 그만큼 겸허한 몸짓으로 더 아름다워야 하므로 수필은 창작 기법상 어려운 장르이고 그 겸허한 몸짓만으로도 매력적인 것이 김자인 수필의 아름다움 하나다. 이런 특성은 연지 찍고 곤지 찍고 성형외과에 다녀온 미모와 달리 원래 주

어진 아름다움을 과욕 없이 순수하게 가꾼 미모로서 차별화된
다. 아름다움을 위한 세련된 언어 구사의 매력도 좋지만, 지나친
분장을 노출하지 않는 겸허한 품위도 매력이다.

또 하나의 미적 성과는 주제의 아름다움이다. 윤동주가 언덕에
올라 밤하늘의 별을 향해서 사랑하는 생명들의 이름을 부르는
별 보기(《별 헤는 밤》에서)와 그 많은 별이 금은방의 보석이 되어
명품백 속에 꽉 채워지기를 바라는 탐욕의 별 보기는 감동적인
미적 성과와 다르다. 윤동주의 그것은 문학이 되지만 후자는 잡
문이 된다. 김자인은 지구 저편까지 많은 곳을 찾아다니면서 수필
을 썼다. 그런데 그 기행 수필에 탐욕은 없다. 오직 사랑의 눈으
로 보고 돌아온 것이 이 수필집이다. 이것은 그 사물들을 사랑스
러운 보석으로 만들고 돌아왔음을 의미한다. 작자가 그곳에 다녀
옴으로써 그곳은 아름다움이 되고 있다.

〈초원을 가르며〉와 〈별은 그 자리에 있다〉는 몽골 기행 수필이
다. 작자는 몽골 초원에서 별을 보고 더 높은 산으로 올라가 별
을 보며 감탄한다. 수많은 별을 보며 감탄하기는 누구나 마찬가
지이겠지만, 몽골 기행 중에 작자가 보고 이를 그의 작품 속에 담
을 때 이것은 새로운 별이 된다. 문학적 표현 효과로써 작자의 가
슴속에 담긴 김자인이 사랑하는 별이기 때문이다. 이것은 어느 시
인이 꽃을 보며 "내가 그의 이름을 불러주었을 때 그는 나에게로
와서 꽃이 되었다고 말한 〈꽃〉처럼 김자인의 수필 속에 담기고,
이 작가의 가슴속에서 사랑받는 별이 됨으로써 새로운 별이 되는

것이다. 이것은 이 작품 속에서만 일어나는 별의 탄생이 아니고, 또 별들만의 탄생이 아니다.

작자는 이 세상 많은 곳을 찾아다니며 이들을 사랑하며 이들의 이름을 부른다. 이는 이 세상 모든 것을 사랑함으로써 새로 태어나며 존재한다는 의미가 된다. 김자인의 기행 수필은 이처럼 사랑하기 위해 찾아가서 만나주는 기행 수필이기 때문에 새 세계의 탄생을 의미한다.

세상을 사랑의 언어 속에 담아서 새로운 세계를 만드는 작업이 곧 이 작가의 기행 수필이며 작자는 여기에 더 많은 소중한 의미를 담는다. 〈별은 그 자리에 있다〉에서 결론적으로 말하는 것은 그런 별을 몽골 초원에서만 볼 수 있는 것이 아니라 한국 작자의 고향에도 있으며 우리는 어떤 것이든 사랑함으로써 어디서나 나의 별을 가까이서 만날 수 있다는 철학적 의미의 은유다. 그러니까 북극성도 은하수도 별은 항상 그 자리에 있듯이 사랑의 눈으로 보면 이 세상 모든 사물은 우리 사랑의 동반자로 곁에 있다는 뜻이 된다.

이런 기행은 새로운 세상의 발견이다. 온 세상을 답사하며 보는 대상은 길을 떠난 사람에 따라 의미가 달라지기 때문에 그것은 모두 새로운 세상의 발견이고 또 그것이 언어의 옷을 입을 때 저마다 다른 언어미학을 연출한다. 언어에 의해서 대상이 더욱 아름다운 보석처럼 빛날 수 있다는 것은 구리나 쇳덩이를 금으로 만드는 것과 같기 때문에 언어의 연금술이라고 말하게 된다.

2. 사랑의 시선과 순수성

김자인의 〈알프스의 하루〉는 스위스 기행이다. 스위스는 세계적
으로 가장 아름다운 관광지라고도 알려져 있다. 〈부다페스트의
야경〉도 세계적으로 뽑히는 아름다운 야경이고 〈센 강에 별빛은
흐르고〉의 파리 에펠탑 야경도 그렇다. 이들은 그것 자체가 아름
답기에 언어 표현으로 더 아름답게 만들기는 어렵다. 또 베네치아
에서 반달 모양의 흔들리는 곤돌라를 타고 수상택시를 타고 운
하로 된 골목 수로를 돌면서 다 함께 〈오 솔레미오〉를 합창하는
것은 그것 자체가 흥미 백배가 되는 소재이기에 수필가가 상상력
으로 더 이야기를 전개할 여지를 남기지 않는다. 바라보는 대상
이 이렇게 되면 수필가는 할 말을 잃게 된다. 예술은 아름다움의
창조인데 이미 그것이 완성품이면 수필가는 그냥 그 모습 그대로
카메라처럼 복사만 해도 감동적인 영상이 된다.

그렇다면 그것은 창의성이 개입할 여지를 잃게 되고 그만큼 문
학성이 보태지기 어렵고 그 기행 수필은 다른 어떤 작품보다도 소
재의 작품화가 힘든 숙제를 지닌다. 이런 어려움에도 불구하고 그
것이 강도 높은 문학성을 지니려면 작자의 창의성과 함께 언어의
레토릭이 연금술사처럼 구사되어야 하고 사물을 보는 마음의 눈
이 순수해야 한다. 김자인의 수필은 기법도 우수하지만, 사물을
보는 시선의 순수성이 매력이 된다. 모든 대상을 놀라운 눈으로
보고 반기며 기뻐하는 것이 시선의 순수성이다. 이는 때 묻지 않

은 어린 소녀의 시선이라 해도 되고 그 문학을 탈속의 미라 해도 되겠다.

3. 순수의 서정

넓은 초원을 보는 순간, 가슴이 뻥 뚫리는 기분이다. 광활한 초원에 압도당하는 느낌, 텔레비전에서 보았던 장면이 눈앞에 펼쳐져 있다. 자연에 흠뻑 빠져서 시간 가는 줄도 모르고 걷고 또 걷는다. 인디언들이 나무와 바람, 햇살을 신성시하듯, 그곳의 모든 자연은 신이 내린 선물 같았다.

—〈초원을 가르며〉 중에서

작자는 몽골 초원을 바라보며 '신이 내린 선물 같다'라고 말한다. '가슴이 뻥 뚫리는 기분' '압도당하는 느낌' '시간 가는 줄 모르고' 대상에 몰입하는 모습은 어린 소녀의 순수성이다. 워즈워스가 〈내 마음 뛰노라〉에서 자연을 보며 '어린이는 어른의 아버지'라고 한 것은 하늘의 무지개를 바라보며 기쁨과 놀라움으로 가슴이 뛰는 어린이의 감각을 말한다. 때묻지 않은 어린이가 아니면 그런 반응이 가능하지 않다는 찬미론이다. 작자가 몽골 초원을 그렇게 바라보고 있다. 어린 소녀처럼 아름다움에 감동하며 '신의 선물'이라고 한다. 선물이라 함은 감사의 표현이며 이런 감사의 정은 작자의 마음이 어린이처럼 맑고 깨끗하기에 가능하다.

생텍쥐페리가 〈어린 왕자〉에서 말하는 순수 의식도 이것이다. 어른들은 온갖 편견에 사로잡히고 때가 묻어서 사물을 제대로 못 본다는 것. 생텍쥐페리가 야간 비행을 하다가 사라져 버릴 것을 예언이나 하듯이 그런 조종사를 만난 어린 왕자에게 그가 그려 준 그림은 네모 상자였다. 양을 그려 달라는데 그렇게 그렸다. 그리고 상자 속에 양이 있는데 그것을 보지 못하는 것은 어른들의 시선이 순수하지 않기 때문이라고 한다. 그처럼 순수해야만 상자 속에 있는 양 그림을 볼 수 있듯이 김자인은 순수한 시선으로 세상을 본다. 〈초원을 가르며〉에서 작자가 보는 아름다움이 그런 순수 의식을 나타낸다. 어린이처럼 맑고 순수한 눈으로 보니까 몽골의 푸른 초원이 신의 선물이 되고 감사하게 된다는 것이다.

때 묻지 않은 맑은 시선으로 봄으로써 더욱 아름다워지는 풍경은 작자가 상원사 월정사 같은 곳을 찾아간 〈오월 숲〉에서 더욱 잘 나타난다.

산사의 고요함을 느끼며 일주문을 나오니 길게 뻗은 전나무 풍광이 시원하다. 텅텅 빈 아침 숲길을 호젓하게 걷는 두 사람은 부부인 듯 사색에 잠긴 듯하다. 쭉쭉 뻗은 나무들이 늘어서 있는 길의 한적함이 평화롭다. 멀리서 보니 한 장의 그림으로 머무는 듯 스쳐 지나가는 오월 속 풍경화다. 푸른 윤기로 계절의 생기를 만끽한 조화로움에 저절로 동화된다. 차분해지는 시간, 자연 앞에 여유를 배운다. 일상에 지친 마음을 살포시 내려놓고, 늘 종종거리며 사는 내 모습을 돌아보니 출구가 보이지 않는 터널 속에서 빠져나온 느낌이랄까, 힐링이 된다.

-〈오월 숲〉 중에서

이 글은 오랜 역사가 숨 쉬고 있는 사찰 경내에 들어가서 숲길을 걷는 장면이다. 에밀레종보다 먼저 725년에 만들어졌다는 한국 최고(最古)의 종소리가 상원사에서 들려오고, 월정사의 전나무 숲길에서 맑은 향기가 코로 스며드는 듯한 환각을 일으키는 작품이다. 이런 현상은 수필 문장이 거의 서정적 감각만으로 숲과 고찰을 그리면서 특수한 아우라를 형성하며 독자를 그 속에 귀신처럼 끌어들이기 때문이다.

텅 비어있는 공간 개념, 호젓함, 한적함, 평화로움, 조화로움, 차분함, 터널 속을 빠져나온 느낌, 힐링, 감각 등이 모두 서정적 감각의 표현이다. 지적 논리적 사고보다는 가슴으로 느끼는 정서를 읊는 특성이 짙다. 섬세한 서정적 감각은 타고나야 하고 길러져야 하고 정갈한 보자기에 싸서 보존해야 유지된다. 즉 세속에 때 묻지 말아야 살아나는 감각기능이다. 이 작품에서 작자는 물론 눈으로 들어오는 대상들을 묘사하고 있지만, 그런 외형적 사물보다 그것이 전하는 분위기가 핵심이기에 읽기보다는 눈 감고 느끼는 수필이라 해야 옳다. 이것은 소설의 맛과 차이점을 비교해도 좋다.

소설은 사람이 등장해서 사건이 전개되니까 표현이 미숙해도 이야기는 성립되지만 곰과 늑대와 호랑이가 나오지 않는 숲은 이야기가 만들어지기 어렵기에 이런 소재에서는 수필가가 자칫 소설 작법을 탐내며 탈선하기 쉽다. 미안하지만 피천득의 수필에서 그것이 나타난다. 피천득의 수필은 대체로 우수하지만, 작자와 연애한 사실이 없는 아사코를 주인공으로 해서 연애소설로 만들고 이를 수필이라 해놓은 수필 아닌 수필이 〈인연〉이다. 그와 가장 가깝던 수필가 윤오영이 그의 수필은 너무 작위적이라 말한 것도 그것이다. 피천득이 가장 아낀 제자 석경징 교수가 몇 차례 수정을 요구하고 공개 증언한 바도 그렇다. 수필은 인물이 등장하는 흥미로운 사건 전개가 드물기에 이런 일도 벌어진다.

이런 예와 비교해 보면 아무 사건도 벌어지지 않는 소재로 정물의 수채화를 만들며 뛰어난 문학성을 보여준 것이 〈오월 숲〉이다. 이 수채화 속에는 남녀 부부가 등장하지만, 이들은 말도 없이 걷기만 한다. 원래 그림은 순간 포착일 뿐 시간적 사건 진행이 아니듯이 이 작품은 정물화이며 수채화다. 싱그러운 서정적 감각만으로 숲속 샘물을 듬뿍 발라가며 번져나간 화법의 그림이다. 작자 자신의 서정적 감각이 그렇게 발달해서 가능할 것이다. 전나무 숲길을 걸으며 말도 안 하고 껴안지도 않는 정적인 순간인데 여기에 에로티시즘을 가해서 동작이 벌어지면 수필은 망가진다.

그저 걷는 장면뿐이지만 작자는 숲길에 이들을 등장시킴으로써 생각하는 인생, 사랑하며 늙어가는 두 남녀의 많은 이야기를 들려준다. 작자가 문장과 문장의 행간으로 이를 전해준다. 몇 마디

간결한 언어로 문장을 만들고 소설처럼 또는 그 이상의 많은 이야기를 만들어 내기 때문에 언어의 연금술이라는 표현도 가능해진다.

4. 한국적 언어의 리듬

운율은 시만의 독점적 기법이 아니다. 산문도 운율이 있어야 된다. 김자인의 문장은 운율의 쾌감이 있다. 시조 가락처럼 꼭 3.4조나 4.5조는 아니지만 이와 비슷한 어휘 구사로 문장은 경쾌한 리듬을 탄다. '산사의 고요함을 느끼며 일주문을 나오니 길게 뻗은 전나무 풍광이 시원하다.'(〈5월 숲〉)

이 문장은 3.4 3.4 3.4 3.3.4 의 리듬이다. 한국어의 전통적인 리듬이 자연스럽게 나타나고 있다.

'태산이 높다 하되 하늘 아래 뫼이로다/ 오르고 또 오르면 못 오를 리 없건마는' (하략)

이 시조는 1장이 3.4 4.4이고 중장이 3.4 4.4이고 종장은 3.6 4.3의 리듬이다.

김자인의 위 인용문과 거의 같은 율조다. 작자는 별로 의식하지 않았겠지만 그만큼 우리말의 리듬이 그의 산문 속에 살아 있으면서 음악이 된다. 언어는 자연스러운 리듬을 타야 친근성과 호소력이 증대되고 예술성이 높아진다.

5. 우리는 어디서 왔는가, 우리는 무엇인가, 우리는 어디로 가는 것인가

이것은 폴 고갱이 타이티섬에서 돌아와 완성한 대작의 이름이다. '우리'라고 했지만 '나'로 바꿔도 좋다. 김자인의 기행 수필은 이런 철학적 명제가 상기된다. 기행은 고향을 떠나서 다른 지역의 풍경이나 문화를 보는 것이지만 거꾸로 자기 자신의 내면을 깊이 찾아 들어가는 여행이 되기도 한다. 칭기즈칸의 기마군이 말을 달리던 초원에 가서 별을 보며 윤동주의 시를 상기하거나 파리의 센강 유람선을 타고 미라보 다리 밑을 지나면서 어느 시인과 화가의 사랑을 생각하고, 다뉴브강의 유람선을 타고 초등학교 시절로 돌아가는 것 등이 모두 그런 철학적 사고의 모티프가 된다. 고갱이 그런 제목의 대작을 완성하게 된 동기는 그가 아주 멀리 남태평양의 외로운 섬에 가 있었기 때문일 것이다.

멀리 나그네가 되어 떠나버렸기 때문에 고향이 그립고 지난날이 그리워 과거를 회상하는 작업이 '우리는 어디서 왔나'가 되었다고 볼 수 있다. 그림 속의 인물들은 모두 타이티의 원주민이지만 그들과 함께 고갱은 '우리들의 인생'을 생각한 것이다. 김자인은 나그네가 되어 멀리 부다페스트의 다뉴브강 위에 있게 되자 요한 슈트라우스 2세의 〈아름답고 푸른 도나우강〉을 들으며 무용반에 뽑혀서 춤을 추던 초등학교 4학년생으로 돌아간다.

무용 선생님이 각 반을 돌며 무용할 어린이를 뽑으러 다녔다. 몸

동작을 시키는데 양팔을 나비 날개처럼 벌리고, 허리를 기역자로 구부리고, 다리 하나는 세우고, 한쪽은 뒤로 들어 올리라는 주문을 했다. 다리가 꼿꼿한지 판가름하여 자세가 곧은 친구를 뽑는 거였다. 뽑힌 아이들은 나비처럼 춤추며 하나씩 앞으로 나갔다. 지금 생각하니 발레를 하는 거였다. 그 동작을 하느라 얼마나 노력하였는지, 잊히지 않는다. 그리고는 안양국민학교에서 하는 대회도 나가고 세미 미군부대 위문공연도 다녔다. 지금도 푸른 도나우강이 나오면 나이도 잊은 채 몸이 먼저 반응한다.

─〈부다페스트의 야경〉 중에서

고갱처럼 '우리는 어디서 왔는가'라는 제목을 달고 김자인 화가가 그림을 그리면 이렇게 춤추는 어린 소녀를 그릴 것이다. 그때가 10대 소녀니까 더 멀리 과거로 찾아가면 작자는 어머니의 품 안에 안기고 자궁까지 가 있어야 한다. 〈센 강에 별빛은 흐르고〉에서도 그렇다. 작자는 이 수필에 사랑과 이별의 시를 담았다.

미라보 다리 아래 센 강은 흐르고/ 우리의 사랑도 흘러내린다/ 내 마음 깊이 아로새기리/ 기쁨은 언제나 고통 뒤에 이어 온다는 것을/ 밤이여 오라/ 종이여 울려라/ 세월은 가고 나는 남는다

─아폴리네르 〈미라보 다리〉

기욤 아폴리네르가 몽마르트르 언덕에서 화가이며 시인이던 마

리 롤랑생과 사랑하다 이별한 후의 작품이라고 한다. 실연의 슬픔으로 샤갈과 함께 밤새 술 마시다가 미라보 다리에서 흐르는 물을 바라보며 구상한 시라고 한다. 사랑과 이별 그리고 사랑도 흘러가 버리고 다시 돌아오지 못했으며 그들도 모두 다 가 버렸으니, 김자인도 비록 지금은 왕성한 작가지만 이 시를 상기하며 '우리는 어디서 왔으며 우리는 누구이며 어디로 갈 것인가' 하는 슬픈 철학적 질문을 던지고 있었을 것 같다. 〈별은 그 자리에 있다〉에서 윤동주의 〈별 헤는 밤〉을 생각하고 있는 것도 그렇다.

'별 하나에 추억과 별 하나에 사랑, 별 하나에 동경과 별 하나에 쓸쓸함, 그리고 어머니!' 하며 음악과 함께 〈별 헤는 밤〉을 낭송하던 어느 낭송가의 목소리도 차분하게 맴돈다. 내 삶 언저리마다 생각나는 아버지 어머니도 저 별 어딘가에 계실 것만 같다. 유난히 반짝이는 별하나에 눈맞춤하고 나니 부모님 얼굴이 오버랩된다. 어머니는 발목 잡는 일이 많은데 어찌 먼 곳까지 왔느냐고, 내 등을 토닥이는 것만 같다. 보고 싶은 어머니, 순간 울컥한다. 어머니라는 이름만 되뇌어도 마음이 먼저 요동친다.

—〈별은 그 자리에 있다〉 중에서

이 시는 윤동주가 1941년 11월 5일에 쓴 작별 시다. 사랑하는 모든 것에 대한 작별이며 다음 달에 태평양 전쟁이 터지고 본격적으로 이 세상은 죽음의 도살장이 되었다. 이미 〈십자가〉에서 순교

를 선언한 다음의 작품이며 그는 이 세상의 사랑하는 모든 생명
에게 작별을 고하는데 마지막으로 어머니를 부르고 또 부르며 쓰
던 원고지에는 피눈물이 배어 있는 것 같다. 이것은 민족의 아픔
을 전하는 시이지만 미라보 다리 아래로 흘러간 강물과 사랑하던
두 사람처럼 모두 사라져 가야 하는 운명론이 된다.

　물론 작자는 이런 서글픈 인생론을 전체적 주제로 삼은 것은
아니다. 〈화려함의 극치(베르사이유 궁전 거울의 방)〉은 이름 그대
로 화려한 관광 기행이다. 〈예술의 묘미(몽마르트르 언덕에서)〉도
그렇고 아름다움의 극치로서 감탄을 금할 수 없는 다른 많은 작
품들도 즐겁고 행복한 긍정적인 삶의 의미가 전반에 깔려 있다.
그러면서도 비록 관광여행자라 해도 작자는 때때로 작품 저변에
서 고향을 떠난 나그네로서의 애수의 정을 전하며 나는 누구인가
하며 자기 자신과 만난다. 그 애수는 향수이며 향수는 모든 생명
체의 태생적 불치병이다. 여기에 사랑을 담을 수 있는 사람이 진
정한 삶의 가치를 찾게 된다.

6. 나그네의 수필 미학

　사람은 누구나 한정된 시간을 살다 가니 죽음을 향한 시간여
행의 나그네다. 그 여행이 옛날과 달리 많이 편해졌을 뿐이며 모
두 나그네다. 예전의 나그네는 괴나리봇짐에 볏짚으로 삼은 짚신
짝을 몇 켤레 매달고 온종일 걷다가 해가 저물면 남의 집 대문을

두드리거나 주막집을 찾아가던 시절이 있었다. 볏짚보다 든든한 삼이나 노 따위로 만든 신을 망혜라 했다. 김자인이 그렇게 멀리 떠나려 했다면 볏짚보다는 삼으로 만든 육날 미투리가 더 좋았겠지만, 예전에는 시집이나 가는 것 아닌 이상 그렇게 멀리 갈 일도 없고 한번 가면 태어난 고향과는 영원한 이별이 되기 쉬웠다.

그런데 김자인은 비행기 타고 온 세계를 돌아다니면서 며칠 후 귀국편도 예약되어 있었겠지만 멀리 떠나 있기에 애잔한 향수의 정이 살아난다. 이것이 태생적인 불치병이라 함은 새도 나비도 여우도 마찬가지다. 여우도 죽을 때는 머리를 언덕에 둔다는 말(狐死首丘)이 있다. 여우가 죽을 때는 어미가 길러 주던 굴이 그리워 머리를 그쪽으로 두고 죽듯이 짐승이나 사람이나 한번 고향을 떠나면 향수의 병이 든다. 기행 작가는 고향을 떠나는 사람이기 때문에 멀리 떠날수록 향수에 젖기 쉽다. 이것은 귀향 의식이며 과거 회귀다. 잃어버린 시간과 공간에 대한 그리움이다.

이것이 감동을 증대시키며 아름다운 문학의 미의식으로 작동한다. 이것은 회전하는 물체의 원심력과 구심력 비슷하다. 나그네가 되어서 멀리 떠날수록 고향으로 되돌아가고픈 욕망은 더해진다. 그렇게 되돌아가고픈 마지막 원점은 어머니의 자궁이다. 앞에서 말한 것처럼 작자가 어린 소녀일 때 도나우강의 음악을 들으며 춤을 추던 시절을 그리는 것은 어머니 품으로 되돌아가는 과정이다. 윤동주가 죽음을 앞두고 별을 바라보며 어머니를 반복해서 부르는 것도 어머니의 품속으로 돌아가고픈 절실한 욕망이 있었기 때문이다. 이런 향수병을 누구나 불치병처럼 앓더라도 스스로 위로하고 달래가며 삶의 가치를 찾는 방법은 오직 이 세상 모든 것을 사랑하는 것뿐이다.

작자는 스위스의 융프라우와 루체른 등 너무도 아름다운 세상에 감탄하면서 이렇게 말한다.

'살다 보면 용서 못할 일 하나도 없다던' 글귀가 생각난다. 이 장엄한 아우라에 자신을 내려놓고, 모두를 좋아할 것만 같다. 그냥 멍하니 바라보는 것만으로도 알 수 없는 에너지가 느껴진다. 전망대 스카이워크 난간 그 아래는 수만 리 낭떠러지, 나는 앙당그리다가 중간쯤에서 사진만 찍고 얼른 되돌아 나왔다.

-〈알프스의 하루〉 중에서

아름다움에 감동하면 이처럼 '용서 못할 일 하나도 없다.'에 도달할 수 있다. 이것은 풍광의 아름다움이지만 진선미 세 가지가 다 어우러져서 가슴속 깊은 곳을 울리는 아름다움은 미움도 사랑으로 바꾸고 '용서 못할 일이 없다'가 된다. 작자는 여행하는 나그네가 되어 그가 만나는 모든 것을 사랑한다. 이 기행 수필의 핵심적인 주제는 하늘이 준 이 세상 모든 것을 사랑하고 또 사랑을 만들어 간다. 콜럼버스는 처음으로 지구 반대편까지 찾아가며 살육과 약탈을 감행한 여행가였다. 그가 수필을 썼다면 최악의 기행 문학이 되었을 것이다.

≪동방견문록≫의 마르코 폴로는 파란만장의 고생도 많았던 동방의 많은 지식을 세상에 전해준 기행문이다. 박지원의 ≪연암 일기≫는 한반도에 갇혀 살던 우리에게 더 넓은 세상을 향해 눈을 뜨게 하며 근대화로 가는 길을 닦아 준 기행 문학이다. 김자인은 세상의 모든 것을 사랑의 눈으로 보고 감사하며 아름다운 언어로 한국 수필 문학의 매력적인 경지를 펼쳐 오고 있다.

김자인 여행 에세이

짧은 여행, 긴 여운

사랑의 눈으로 엮어낸 보석 같은 스토리

짧은 여행, 긴 여운